A GRANDE LOJA DE SONHOS

A GRANDE LOJA DE SONHOS
O sonho que você encomendou está esgotado

Miye Lee

Tradução
LUIS GIRÃO

Esta obra foi publicada originalmente em coreano com o título
달러구트 꿈 백화점 - 주문하신 꿈은 매진입니다 *(Dalleoguteu kkum baekwajeom)*.
© 2020, Miye Lee
© 2024, Editora WMF Martins Fontes Ltda., São Paulo, para a presente edição.
Esta edição foi publicada por acordo com a Sam & Parkers, Co., Ltd. c/o KCC
(Korea Copyright Center Inc.), Seul, e Chiara Tognetti Rights Agency, Milão.

ESTE LIVRO FOI PUBLICADO COM APOIO DO LITERATURE
TRANSLATION INSTITUTE OF KOREA (LTI KOREA).

Todos os direitos reservados. Este livro não pode ser reproduzido, no todo ou em parte, armazenado em sistemas eletrônicos recuperáveis nem transmitido por nenhuma forma ou meio eletrônico, mecânico ou outros, sem a prévia autorização por escrito do editor.

1ª edição 2024

Tradução
LUIS GIRÃO

Acompanhamento editorial
Milena Varallo
Preparação de textos
Marina de Melo Munhoz
Revisões
Luana Negraes
Fernanda Lobo
Edição de arte
Gisleine Scandiuzzi
Produção gráfica
Geraldo Alves
Paginação
Renato Carbone
Capa e ilustração
*Filipa Damião Pinto @filipa_*

Dados Internacionais de Catalogação na Publicação (CIP)
(Câmara Brasileira do Livro, SP, Brasil)

Lee, Miye
  A grande loja de sonhos : o sonho que você encomendou está esgotado / Miye Lee ; tradução Luis Girão. – 1. ed. – São Paulo : Editora WMF Martins Fontes, 2024.

  Título original: 달러구트 꿈 백화점 - 주문하신 꿈은 매진입니다
  ISBN 978-85-469-0567-6

  1. Ficção sul-coreana I. Título.

24-191775   CDD-895.73

Índice para catálogo sistemático:
1. Ficção : Literatura sul-coreana   895.73

Aline Graziele Benitez – Bibliotecária – CRB-1/3129

Todos os direitos desta edição reservados à
Editora WMF Martins Fontes Ltda.
Rua Prof. Laerte Ramos de Carvalho, 133 01325-030 São Paulo SP Brasil
Tel. (11) 3293-8150 e-mail: info@wmfmartinsfontes.com.br
http://www.wmfmartinsfontes.com.br

SUMÁRIO

Palavras da autora • **7**

Prólogo • **9**

1. Dia de grande multidão na loja • **27**
2. Diretrizes para encontros noturnos • **53**
3. Sonhos Premonitórios • **73**
4. Solicitação de reembolso por trauma • **91**
5. Reunião geral dos produtores de sonhos • **111**
6. Mais Vendido do Mês • **133**
7. "Yesterday" e o benzeno • **155**
8. A Vida dos Outros (Versão Beta) • **167**
9. Um sonho enviado a você por um cliente anônimo • **179**

Epílogo 1: A entrevista de emprego de Vigo Myers • **199**

Epílogo 2: O dia perfeito de Speedo • **205**

PALAVRAS DA AUTORA

Por que as pessoas sonham? Por que passamos um terço de nossa vida dormindo? Cenas estranhas e cheias de mistério que parecem não sair da minha mente, aquela pessoa que continua aparecendo em cada sonho, lugares onde eu certamente nunca estive. Seriam essas coisas, tão vívidas em meus sonhos, apenas fantasias criadas pelo meu subconsciente? Eu me apeguei a esse monte de perguntas – que todo mundo já se fez algum dia – como a uma boneca de pano.

Por sermos curiosos incorrigíveis, fizemos, como humanidade, descobertas surpreendentes, mas nossa sede de conhecer cada vez mais nunca será completamente saciada. Quanto mais sabemos, mais persistente se torna a nossa curiosidade e mais complexas ficam as nossas perguntas, ainda que o desejo por respostas simples seja permanente.

No meu caso em especial, isso se mostrou ainda mais verdadeiro quando o assunto é dormir e sonhar. Há tempos, sempre com muita satisfação, venho preenchendo com minha imaginação a lacuna incompreensível que separa o ontem do hoje. E, à medida que fui percebendo como a minha imaginação complementava intimamente a realidade, decidi escrever esta história.

Esta história é sobre uma cidade na qual você só pode entrar depois que adormece. Ela é repleta de lugares que chamam a atenção de quem está dormindo: um food truck que vende guloseimas para ajudar a pegar no sono, Noctilucas ranzinzas que garantem que os clientes adormecidos não andem pelados por aí, a oficina de produção de pesadelos de Maxim no beco nos fundos da loja, um outro produtor de sonhos que mora em uma cabana misteriosa na Montanha de Neve de Um Milhão de Anos, uma diretora de Sonhos Premonitórios chamada Aganap Coco e até mesmo um estúdio comandado por fadas Leprechaun que cria os famosos Sonhos de Voar no Céu.

Essas e tantas outras atrações à espera daqueles que dormem estão reunidas na Grande Loja de Sonhos DallerGut, o lugar mais procurado por clientes adormecidos, ao qual quase todo mundo já foi ao menos uma vez. Um local equipado com sonhos dos mais variados gêneros, cada tipo embalado com cuidado e distribuído individualmente em prateleiras especiais com muitos e muitos andares.

Além disso, para mim, seria um grande prazer saber que essas histórias contribuíram, de alguma maneira, para suas noites de sono profundo e repletas de sonhos.

Miye Lee

PRÓLOGO
A extraordinária loja do terceiro discípulo

Com os cabelos enrolados e volumosos pela umidade do ar, Penny está sentada no segundo piso do seu café preferido vestindo uma camiseta confortável. Naquela manhã, ela enfim recebera uma mensagem da Grande Loja de Sonhos DallerGut informando que os documentos de sua inscrição haviam sido aprovados e que ela participaria de uma entrevista dali a uma semana. Para se preparar para as perguntas da seleção, Penny foi direto à livraria mais próxima e pegou todos os livros que cobrissem a maior gama possível de assuntos relacionados a entrevistas, incluindo testes de aptidão, e agora está devorando tudo com foco total.

Mas algo vinha perturbando sua concentração já fazia algum tempo. O homem que tomava chá na mesa vizinha balançava nervosamente os pés para cima e para baixo, e era impossível não se distrair com as meias de dormir supercoloridas que ele usava.

Enrolado em um roupão felpudo, ele bebe seu chá com os olhos fechados. Toda vez que sopra a xícara, um cheiro refrescante de floresta se espalha pelo ar. Com certeza ele está tomando uma mistura requintada de ervas para tratar a fadiga.

"Humm, delicioso... quentinho... quanto será... para repetir?", murmura, como se falasse dormindo, até que volta a balançar os pés, limpando os lábios.

Por fim, Penny decide mudar sua cadeira de lugar para que não precise mais olhar para aquelas meias coloridas. No café, muitas outras pessoas estão de pijama. Por exemplo, perto da escada que leva do primeiro ao segundo piso, uma mulher está vestindo um robe alugado enquanto coça a nuca e, aparentemente desconfortável, contorce o corpo de vez em quando.

A cidade de Penny ficou conhecida por uma extensa gama de produtos relacionados ao sono e aos sonhos, motivo pelo qual se desenvolveu e passou a atrair turistas. Os habitantes, como Penny, estão acostumados a cruzar com estranhos vestidos em roupas de dormir por todo lado.

Ela toma um gole de seu café, agora frio. O sabor amargo desce por sua garganta, e ela tem a sensação de que todo o barulho à sua volta, que a distraía até então, acalmou, deixando seu corpo também mais tranquilo. Valeu a pena pagar o adicional de duas doses de xarope calmante. Ela então puxa para perto de si um dos livros com testes de aptidão e relê a questão que vinha tentando responder até agora.

Questão: Qual dos seguintes produtores de sonhos levou o Grande Prêmio na cerimônia de Sonho do Ano em 1999? Qual o título do sonho? Assinale a alternativa correta.
   a. Kick Slumber – Atravessar o Oceano Pacífico como uma Baleia Assassina
   b. Yasnooze Otra – Viver como meus Pais por uma Semana
   c. Wawa Sleepland – Olhar para a Terra Enquanto Flutua no Espaço
   d. Dozé – Tomar Chá com uma Personalidade Histórica
   e. Aganap Coco – Prever Trigêmeos para um Casal Infértil

Penny mordisca a tampa de sua caneta esferográfica enquanto pensa na resposta. Como 1999 faz muito tempo, jovens criadores como Kick Slumber e Wawa Sleepland não poderiam ser a resposta certa. Ela então elimina as duas opções, riscando com a caneta. E o sonho de Yasnooze Otra? Se Penny não estiver errada, o sonho de viver como seus pais por uma semana é recente. Os sonhos elaborados por Otra costumam ser bastante divulgados antes mesmo de ficarem disponíveis, e um dos bordões promovidos à época ficou vividamente gravado na memória de Penny: "Não aguenta mais dar bronca nos seus filhos desobedientes? Faça com que eles vivam como você por uma semana neste sonho!".

Após hesitar entre as duas últimas alternativas, Penny enfim escolhe a letra "e", com o sonho Prever Trigêmeos para um Casal Infértil, de Aganap Coco. Depois de marcar a resposta, enquanto ela estica a mão para alcançar a xícara de café, a pata peluda de um animal pousa sobre a página que ela acabou de ler. Penny se assusta tanto que quase derruba a xícara.

"Falso! A resposta certa é 'a'", diz o animal sem sequer se apresentar. "Em 1999, Kick Slumber iniciou sua carreira com um feito histórico, pois recebeu o Grande Prêmio no mesmo ano. Eu economizei por seis meses para comprar o sonho dele. Nunca tive um sonho tão realista em toda a minha vida. Foi maravilhoso deslizar pela água com as barbatanas, e a vista sob as ondas era de tirar o fôlego. Fiquei muito irritado ao acordar e perceber que não nasci uma baleia assassina! Penny, Kick Slumber é um gênio. Faz ideia da idade que ele tinha naquela época? Apenas treze anos." O animal soou tão orgulhoso em seu comentário que até parecia estar narrando um feito seu.

"Ah, é você, Assam. Que susto", disse Penny, afastando a xícara para longe de si. "Como soube que eu estava aqui?"

"Acabei de ver você saindo da livraria com uma pilha de livros. Imaginei que acabaria vindo para cá. Você não é de estudar em casa", respondeu Assam, examinando os títulos espalhados sobre a mesa. "Está se preparando para a entrevista?"

"Como é que você sabe disso? Eu mesma só fui informada hoje de manhã."

"Não há nada que aconteça por aqui que nós, Noctilucas, não fiquemos sabendo."

Assam é um dos Noctilucas que trabalham nessa rua. Os Noctilucas sempre carregam mais de cem roupões nas costas, e sua função é garantir que os clientes adormecidos não andem por aí pelados. São perfeitos para a tarefa por conta de suas patas dianteiras descomunalmente grandes, suas garras longas o suficiente para agarrar várias peças de roupa de uma só vez, além de sua aparência agradável. A ironia é que eles mesmos não vestem nada, graças à pelagem densa. Penny acredita que os clientes se sentem mais confortáveis sendo perseguidos e vestidos por criaturas peludas igualmente nuas do que por pessoas bem-vestidas.

"Posso me sentar aqui? Meus pés estão doendo de tanto andar o dia todo", anunciou Assam ao desabar na cadeira de frente para Penny antes mesmo que ela pudesse responder. Sua cauda felpuda sai por um buraco na parte de trás da cadeira, balançando levemente.

"As perguntas são muito difíceis", declarou Penny enquanto encarava sua resposta errada. "Assam, quantos anos você tem mesmo, para saber tudo isso?"

"É bem rude perguntar a um Noctiluca sobre a sua idade", respondeu Assam em tom de brincadeira. "Eu também já estudei bastante para conseguir um emprego na loja, mas acabei desistindo. Percebi que este trabalho parecia mais adequado para mim", disse, alisando os roupões em seu ombro. E continuou: "De qualquer forma, o que importa é que a nossa Penny, tão desastrada, conseguiu uma entrevista na Grande Loja de Sonhos DallerGut! Vivi o suficiente para ver isso acontecer".

"Devo ter feito uma boa ação numa vida passada, e os resultados estão aparecendo só agora!" Penny acredita genuinamente que é um milagre que seus documentos tenham sido aprovados na triagem.

Não seria exagero dizer que a Grande Loja de Sonhos DallerGut é um emprego cobiçado por muitos jovens. Salário anual alto; prédio suntuoso de arquitetura clássica, verdadeiro marco da cidade; sem falar nos vários incentivos e benefícios oferecidos aos funcionários, visando ao seu bem-estar, como sonhos caros distribuídos de graça em seus aniversários. As vantagens de trabalhar lá eram infinitas. Mas nada poderia superar a honra de trabalhar com DallerGut em pessoa.

Todos aqui estão familiarizados com a longa e ancestral linhagem dos antepassados de DallerGut. Sua família foi uma das fundadoras da cidade. Só a ideia de trabalhar com ele faz o coração de Penny se encher no peito e seu corpo levitar.

"Eu queria tanto ser aceita", ela diz, apertando as mãos com força.

"A propósito, você está se preparando para a entrevista só com isso?", pergunta Assam ao levantar um dos livros escolhidos por Penny, folheá-lo e examinar o conteúdo antes de colocá-lo de volta à mesa.

"Pensei em memorizar tudo o que for possível. Vai que eles perguntam coisas sobre as biografias dos cinco produtores lendários, ou quais os sonhos mais vendidos na última década, ou que tipo de cliente vem mais em qual horário do dia. No turno para o qual me candidatei, dizem que há muitos clientes vindos da Austrália Ocidental e da Ásia. Também estudei a diferença entre todos os fusos horários e a Linha Internacional da Data. Por sinal, você sabe o motivo de a nossa cidade receber clientes vinte e quatro horas por dia, sete dias por semana? Posso explicar para você?"

Ela está tão motivada que poderia dar uma longa palestra sobre o assunto a qualquer momento. Assam, contudo, recusa a oferta sacudindo a cabeça. E diz: "DallerGut nunca faria perguntas tão irrelevantes. Qualquer estudante do ensino médio saberia responder isso".

Penny se desanima. Assam estica a pata e dá tapinhas no ombro dela.

"Não se preocupe, Penny. Já ouvi muitas histórias sobre ele através das minhas conexões aqui e ali. Pode não parecer, mas trabalho por essas bandas há mais de dez anos." E, antes que Penny perguntasse sua idade outra vez, Assam emendou: "Dizem que DallerGut adora falar coisas enigmáticas sobre sonhos. Acho que ele não vai fazer perguntas óbvias. Por falar nisso, na verdade eu vim aqui para te dar uma coisa".

Assam solta a pilha de roupões que carregava no ombro e começa a revirá-los. Depois de vasculhar um pouco, ele pesca um pequeno pacote. Quando o desembrulha, dezenas de meias para dormir saltam em sua direção.

"Não, não é isto. Estas são para os clientes que sentem frio nos pés... Espere um pouco. Ah, aqui está!" Assam tira do pacote um livro fininho de capa dura. Sobre o fundo azul-claro, lê-se um título dourado com caligrafia rebuscada: *A história do Deus do Tempo e seus três discípulos*.

"Fazia muito, muito tempo que eu não via este livro!", disse Penny, que o reconheceu de imediato. Na realidade, qualquer um que cresceu ali provavelmente teria a mesma reação. É uma leitura bem popular, quase obrigatória para as crianças da cidade.

"Talvez DallerGut faça uma pergunta relacionada a este livro. Por exemplo, quais são suas ideias e impressões sobre a história. Se só tiver lido quando era pequena, é melhor reler com bastante atenção agora. Afinal de contas, é uma das histórias mais importantes para DallerGut, não é mesmo?", recomenda Assam, inclinando-se na direção da cadeira de Penny. Já com o rosto bem próximo do dela, confidencia: "O que vou contar é segredo, mas ouvi dizer que DallerGut deu uma cópia deste livro a todos os funcionários da Grande Loja de Sonhos".

"Isso é verdade?", espantou-se Penny, tentando pegar o exemplar da pata de Assam às pressas.

"Mas é claro! Então imagine a importância de um livro que ele dá até para os seus funcionários... Nossa! Preciso voltar ao trabalho", anuncia Assam depois de mover os olhos para a janela atrás de Penny, que dá para o terraço. "Acho que acabei de ver uma pessoa andando só de cueca."

O focinho marrom de Assam se contrai e, com pressa, ele recolhe os roupões espalhados enquanto Penny ajuda a colocar as meias de dormir de volta no pacote.

"Boa sorte com a entrevista, Penny. Depois me conte como foi e o que achou." Assam se levanta sem desviar os olhos da janela. Então murmura: "Pelo menos ele está vestindo alguma coisa hoje".

"Obrigada, Assam", diz Penny. Assam abana a cauda da esquerda para a direita, como se respondesse "De nada", e logo desaparece ao descer as escadas.

Penny toca suavemente o livro que Assam deixou para trás. Ele tem razão. Como ela não pensou em relê-lo? Ali há a explicação completa sobre a origem daquela grande rua comercial, além da fundação da cidade e, acima de tudo, da abertura da Grande Loja de Sonhos DallerGut. Se DallerGut valoriza tanto essa história, é bem provável que as respostas estejam nela.

Decidida, Penny dobra as folhas cheias de respostas erradas e as guarda na mochila. Ela termina de beber o café, endireita as costas e então abre o livro.

A história do Deus do Tempo e seus três discípulos

Muitas eras atrás, o Deus do Tempo vivia entre nós e controlava o tempo das pessoas. Certo dia, durante uma de suas refeições costumeiramente tranquilas, o Deus do Tempo percebeu que tinha pouco tempo pela frente. Ele então convocou seus três discípulos para revelar-lhes esse fato.

O primeiro discípulo, ousado e decidido, perguntou ao mestre o que fariam dali em diante. O segundo, dono de um coração cheio de gentileza, começou a chorar em silêncio, rememorando o tempo que compartilhou com seu mestre. Por fim, o terceiro discípulo permaneceu calado, à espera das próximas palavras de seu mestre.

"Meu estimado terceiro discípulo, sempre tão atento e ponderado, deixe-me fazer uma pergunta a você. Se o tempo fosse dividido em três partes, cada uma governada por um de vocês, qual seria a sua escolha: o passado, o presente ou o futuro?", perguntou o Deus do Tempo.

Após uma breve ponderação, o terceiro discípulo disse que daria prioridade às escolhas do primeiro e do segundo discípulos e se contentaria com o que restasse.

Ousado como de costume, o primeiro discípulo não quis perder a oportunidade e escolheu depressa o futuro. E acrescentou: "Por favor, conceda-nos poder para que possamos nos libertar do passado e assim governar melhor o futuro".

O primeiro discípulo sempre acreditou que era melhor se agarrar ao futuro o quanto antes, sem os empecilhos do passado. O Deus do Tempo então lhe concedeu o futuro, bem como o poder de esquecer facilmente o passado.

Com cautela, o segundo discípulo revelou que gostaria de ficar com o passado. Ele acreditava que se apegar às memórias era o que nos trazia felicidade, sem remorsos ou sensação de vazio. O Deus do Tempo então lhe concedeu o passado, bem como o poder de se lembrar de tudo o que já passou.

Segurando o fragmento do presente, bem menor e mais pontiagudo em comparação com o futuro e o passado, o Deus do Tempo perguntou ao terceiro discípulo: "Você governará bem o momento presente?".

"Não, mestre", respondeu o terceiro discípulo. "Por favor, distribua o presente em partes iguais a todas as pessoas."

O Deus do Tempo ficou surpreso.

"Quer dizer que, ao longo de todos os anos de aprendizado comigo, não houve um momento em particular que você considerasse especial?", perguntou o Deus do Tempo, desapontado. Reunindo coragem, o terceiro discípulo decidiu ser franco.

"O momento de que eu mais gosto é quando todos estão dormindo, mestre. Durante o sono, não nos apegamos ao passado nem nos preocupamos com o futuro. As pessoas não costumam considerar em suas preciosas memórias felizes o tempo que passam dormindo nem anseiam pela hora de adormecer no grandioso e tão desejado futuro. Mesmo as pessoas que estão dormindo não reconhecem que o presente está em sono profundo. Como eu, um ser insignificante e inapto, poderia assumir a tarefa de governar esse tempo complicado?"

O primeiro discípulo riu do terceiro em segredo, e o segundo se mostrou um pouco surpreso. Afinal, os dois sempre consideraram que o sono era uma perda de tempo. Mas o Deus do Tempo reagiu com generosidade à fala do terceiro discípulo e lhe concedeu o tempo de sono.

"Caros primeiro e segundo discípulos, vocês se importam se eu tirar o tempo de sono dos seus fragmentos, futuro e passado, para dá-lo ao terceiro discípulo?", perguntou o Deus do Tempo. Sem hesitar, o primeiro e o segundo discípulos responderam: "De forma nenhuma, mestre".

Por fim, os três discípulos tomaram seus fragmentos de tempo e se dispersaram.

A princípio, o primeiro e o segundo discípulos, que receberam o futuro e o passado, estavam muito satisfeitos com os poderes concedidos a eles.

O primeiro discípulo e seus seguidores estavam empolgados com o plano de esquecer todas as coisas tediosas e triviais do passado e deixar sua pátria para trás. Já até faziam planos de como construir um novo e grandioso futuro, aventurando-se em terras muito maiores do que a anterior.

Também estavam empolgados, o segundo discípulo e seus seguidores. Ficaram gratos por poder valorizar para sempre o passado,

lembrando-se de seus rostos jovens e das amorosas memórias compartilhadas.
 No entanto, não demorou muito para que os problemas começassem a surgir.
 As memórias do passado, que o primeiro discípulo e seus seguidores haviam esquecido por completo, de tão ocupados que estavam com o futuro, eram muitas e se acumularam como névoa sobre a terra onde eles agora viviam. Já não conseguiam reconhecer seus amigos e familiares em meio às densas camadas de neblina. E, à medida que as lembranças com seus entes queridos desapareciam, desapareciam também suas razões para aspirar pelo futuro, pois já não conseguiam mais recordar. Tornaram-se incapazes de ver um centímetro à frente de seus olhos, menos ainda um futuro distante.
 A situação do segundo discípulo e de seus seguidores não era diferente. Eles estavam tão inteira e exclusivamente presos às boas lembranças que não conseguiam aceitar a passagem do tempo, as separações inevitáveis e as mortes uns dos outros. Eles tinham corações tão frágeis para lidar com aquelas mudanças que suas lágrimas escorriam sem parar pela terra, o que acabou criando uma grande caverna. Os que eram ainda mais frágeis se esconderam no fundo da caverna.
 Observando tudo isso, o Deus do Tempo decidiu esperar até que os dois primeiros discípulos estivessem dormindo. Iluminado pelo luar, entrou sorrateiramente em seus quartos. O Deus do Tempo então tirou de seu peito um fragmento pontiagudo do presente e, segurando-o com firmeza, cortou as sombras acima dos leitos dos adormecidos.
 Depois, com pedaços de sombra em uma mão e uma garrafa vazia na outra, o Deus do Tempo sumiu na escuridão.
 A princípio, o Deus do Tempo encheu a garrafa vazia com as memórias nebulosas que o primeiro discípulo e seus seguidores haviam abandonado. Em seguida, coletou todas as lágrimas derramadas pelo segundo discípulo e seus seguidores, segurando-as em seus braços. Por fim, sem que ninguém percebesse, o Deus do Tempo fez uma visita ao terceiro discípulo.
 "Mestre, o que o traz aqui no meio da noite?", perguntou.
 Sem dizer uma palavra, o Deus do Tempo colocou sobre a mesa do terceiro discípulo todos os itens que havia trazido, um

por um: os pedaços de sombra adormecida, a garrafa das memórias esquecidas e as lágrimas.

Com uma leve suspeita do que se passava na mente do mestre, o terceiro discípulo perguntou: "O que devo fazer com isso para ajudar as pessoas?".

Em vez de responder, o Deus do Tempo pegou com os dedos os flácidos pedaços de sombra adormecida e os colocou dentro da garrafa cheia de memórias. Enquanto a sombra chacoalhava de um lado para o outro tentando abrir os olhos, o Deus do Tempo pingou gotas de lágrimas ali dentro.

Foi quando algo maravilhoso aconteceu. As lágrimas se reuniram para formar os olhos da sombra, e ela enfim os abriu, ganhando vida para percorrer as memórias dentro da garrafa.

O Deus do Tempo entregou a garrafa com a sombra e as memórias ao terceiro discípulo, dizendo: "Enquanto as pessoas dormem, certifique-se de deixar as suas sombras acordadas por elas".

Embora o terceiro discípulo fosse extremamente sábio, ele não tinha ideia do que significavam aquelas palavras de seu mestre. "Quer dizer que é para permitir que as pessoas pensem e sintam até mesmo durante o sono? Como isso pode ajudá-las?"

"As memórias que as sombras experimentarem durante o sono irão fortalecer almas frágeis como a do segundo discípulo. E os descuidados, como o primeiro discípulo, serão lembrados de coisas importantes ao acordarem no dia seguinte e não mais as esquecerão."

Depois de proferir aquele discurso, o Deus do Tempo percebeu que o tempo para lições estava chegando ao fim. E, enquanto seu mestre desvanecia aos poucos, o terceiro discípulo gritou, afobado: "Por favor, mestre, me ensine mais. Como devo fazer para que as pessoas compreendam todas essas coisas? Nem mesmo consigo definir o que isso é".

O Deus do Tempo então respondeu, sorrindo: "Você não precisa entender. E é até melhor que eles também não entendam. Chegará o momento em que eles próprios descobrirão como lidar com isso".

Desesperado, o terceiro discípulo insistiu: "Por favor, poderia ao menos dar um nome a isso? Devo chamar de milagre? Ou seria uma ilusão?".

"Chame de sonho. De agora em diante, graças a você, as pessoas irão sonhar todas as noites."
Com essas palavras, o Deus do Tempo desapareceu sem deixar vestígios.

Penny fecha o livro e se vê tomada por sensações estranhas. A história parecia tão esquisita e absurda quanto da primeira vez que a leu na infância. Soava como um conto de fadas. Contudo, ela sabe que muitas coisas neste mundo seriam incompreensíveis se não fosse a nossa capacidade de acreditar nelas. Todos os moradores desta cidade aceitam essa história tão naturalmente como se aceita o ciclo da vida, ou seja, a certeza de que você vai nascer e vai morrer. Além disso, a existência de tantas pessoas que sonham todas as noites, ou mesmo do terceiro discípulo, que há muito tempo fundou a Grande Loja de Sonhos, passada de geração em geração até chegar a DallerGut... tudo isso é prova viva.

DallerGut, para Penny, é uma verdadeira figura mítica. A ideia de que ela será entrevistada por ele dali a uns dias, cara a cara, a deixa meio animada e meio nervosa, com um frio na barriga. Por ora, o melhor é ir para casa.

Mesmo depois de voltar com um monte de livros na mochila, Penny não larga o exemplar que ganhou de Assam nem por um segundo, inclusive na hora de dormir. Ela lê e relê o livro por vários dias até a entrevista. De novo, de novo, até memorizar toda a história.

No tão esperado dia da entrevista, Penny chega cedo à Grande Loja de Sonhos e aproveita para dar uma olhada no saguão do primeiro piso, em busca do escritório de DallerGut.

Perambulam por todos os lados, examinando as prateleiras repletas de produtos para sonhos, pessoas vestidas com camisetas surradas e shorts folgados, como se estivessem de pijama, ou cobertas com os roupões de dormir que alugaram dos Noctilucas.

"Uau! É o mais novo sonho de Kick Slumber... Ser uma Tartaruga-Gigante em Galápagos... Vejamos. A avaliação está 4,9, e isso vindo daqueles críticos esnobes! O que diz aqui? Um 'espetáculo nas profundezas dentro e fora da carapaça!'... Como sempre, esses comentários são inúteis", diz um cliente usando uma calça de pijama estampada com estrelas em frente à seção "Lançamentos", enquanto contempla uma caixa de sonho em sua mão.

Penny tem dez minutos para chegar ao escritório de DallerGut, que fica em algum lugar ali do primeiro piso. Ela olha ao redor, mas nada parece elegante ou luxuoso o suficiente para ser o escritório do proprietário. Penny até gostaria de perguntar à funcionária de meia-idade que está no balcão da recepção, mas a mulher não para de falar ao telefone. Os outros funcionários, identificados por seus aventais de linho, estão ocupados demais para sequer notar a sua presença.

"Mãe! Acho que reprovei! Todas as perguntas que fizeram eram estúpidas. Estudei minuciosamente as tendências de sonhos e a situação da indústria nos últimos cinco anos, mas não perguntaram nada sobre isso!", indigna-se uma moça que falava freneticamente ao celular ao esbarrar em Penny. Deve ser uma candidata que acabou de passar pela entrevista com DallerGut! Em desespero, Penny tenta pedir informação com movimentos exagerados da boca: "Onde. Fica. O. Escritório?".

Sem rodeios, a mulher aponta para cima antes de desaparecer na multidão. Na direção indicada, há uma escada de madeira que leva ao segundo piso. Ao olhar mais de perto, do lado direito da escada, Penny vê uma porta entreaberta, e nela há um pedaço de papel pendurado em que se lê: SALA DE ENTREVISTAS. A tinta descascada na porta e a caligrafia desleixada no papel lembram a entrada da sala de aula de uma velha escola.

Parada em frente ao cartaz improvisado, Penny respira fundo para acalmar a ansiedade. Mesmo sem saber se aquele era de fato o escritório de DallerGut, ela bate na porta já aberta.

"Ah! Entre, por favor", diz uma voz forte vinda lá de dentro. É uma voz que Penny reconhece de entrevistas de TV ou transmissões de rádio. Sem dúvida alguma, DallerGut está lá dentro.

"Com licença."

O interior do escritório é menor do que parecia pelo lado fora. Atrás de uma mesa comprida, DallerGut está lutando com uma impressora antiga.

"Seja bem-vinda! Desculpe, mas você se importa de esperar um minuto? Sempre que tento imprimir qualquer coisa nessa impressora, o papel fica preso."

Vestindo uma camisa elegante, ele parece bem mais alto e magro do que na TV ou nas revistas. Em meio a seus cabelos naturalmente cacheados e desgrenhados despontam alguns fios grisalhos.

DallerGut puxa com força o papel preso na impressora, que parece ser o currículo de Penny. O papel está agora todo amassado e com as pontas rasgadas, e há alguns restos seus claramente emperrados em algum lugar da impressora, mas DallerGut parece satisfeito.

"Agora sim. Finalmente!"

Conforme Penny se aproxima, ele estende em sua direção a mão enrugada e magra. Ela logo enxuga o suor de nervosismo da mão na roupa antes de cumprimentá-lo.

"Olá, sr. DallerGut. Meu nome é Penny."

"Prazer, Penny. Eu estava ansioso para conhecê-la." Ainda que o interior do escritório mais parecesse um depósito, DallerGut irradiava elegância. De perto, seus olhos castanho-escuros brilhavam como os de um garotinho. Penny rapidamente desvia o olhar, temendo tê-lo encarado por tempo demais.

O escritório está cheio de caixas, que aparentam ser de sonhos. Algumas parecem encharcadas de umidade, como se estivessem ali há muito tempo, e outras são novinhas em folha, com a embalagem intacta.

Talvez para atrair a atenção de Penny de volta para ele, DallerGut puxa com um estrondo uma cadeira de ferro e se senta.

"Por favor, sente-se aí", ele diz, apontando para a cadeira ao lado de Penny. "Fique à vontade. Estes aqui... estes são os meus biscoitos favoritos. Pegue um." DallerGut lhe entrega um biscoito com recheio de nozes que parece delicioso.

"Muito obrigada." Depois da primeira mordida, Penny percebe que a tensão em seus ombros diminui e que o ar fica mais agradável e fresco. Curiosamente, o escritório que antes era misterioso se torna um ambiente familiar – uma sensação semelhante à que ela sentiu quando adicionaram xarope calmante ao seu café preferido, só que agora o efeito era muito melhor. Deve haver algo especial no biscoito.

"Eu me lembro bem do seu nome", ele inicia a conversa. "Sua ficha de inscrição me deixou impressionado. Gostei principalmente daquela sua frase: 'Não importa quão bom seja, um sonho é apenas um sonho'."

"Quê? Ah, isso... Isso é..." Penny mal se lembrava de ter escrito aquela frase em sua documentação de candidatura, que, embora tivesse despertado o interesse de DallerGut, era bastante simples. Será que ele só a chamou ali para ficar cara a cara com uma jovem audaciosa? Esse era o palpite de Penny, ainda surpresa por ter sido aprovada na triagem.

Ela faz uma avaliação rápida das expressões faciais de DallerGut. Felizmente, o executivo não parece estar pensando em algo como "Vamos ver como ela se sai". Ele encara Penny com interesse genuíno.

"Fico feliz por ter causado uma boa impressão", ela responde com delicadeza, ainda tentando adivinhar os pensamentos de DallerGut.

"Bom, vamos ao que interessa." Ele levanta a cabeça e olha para o teto à sua esquerda, como que refletindo sobre a pergunta que faria. "Para começar, eu gostaria muito de ouvir sua opinião sincera sobre sonhos, Penny."

Ela engole em seco. É uma pergunta difícil. Penny respira fundo e tenta se lembrar de algum exemplo de resposta que viu nos livros ou nos testes de aptidão enquanto se preparava para a entrevista.

"Bom... nos sonhos você experimenta coisas que não poderia vivenciar na realidade. Eles são como substitutos para possibilidades irreais..." Penny faz uma pausa ao perceber a expressão desapontada no rosto de DallerGut. É bem provável que os candidatos que vieram antes dela tenham dado a mesma resposta.

"Você não parece em nada com a pessoa que escreveu essas palavras na documentação de candidatura." Ele nem sequer olha para Penny enquanto dobra a borda do papel.

A intuição de Penny diz que há uma sombra de eliminação pairando sobre sua cabeça depois daquela resposta. Ela sente que precisa mudar o rumo da situação, então continua: "No entanto, por mais que você experimente todo tipo de coisa em seus sonhos, eles nunca se tornam realidade!".

Penny já nem sabe mais do que está falando. Pensa apenas que precisa responder algo diferente para se destacar dos demais candidatos. Ela tem um forte pressentimento de que é exatamente isso o que DallerGut procura. Além disso, se o fato de ter citado o bordão de DallerGut, "Um sonho é apenas um sonho", na ficha de inscrição fez com que não fosse eliminada na triagem, ela agora precisa ser coerente com a sua ousadia.

"Acho que não importa quão bom seja um sonho: quando você acorda, não passa disso."

"Por qual motivo?" DallerGut parece bem sério.

A pergunta a pega de surpresa. Não há um motivo plausível para a sua resposta de improviso. E, embora não fosse apropriado, ela devora depressa o restante do biscoito, tentando encontrar algum conforto.

"Nenhum motivo em particular. Ouvi dizer que os clientes esquecem a maior parte dos sonhos. É por isso que eu disse que, literalmente, os sonhos são apenas sonhos, pois eles desaparecem quando você acorda. E é por esse motivo que eles não interferem na realidade. Acho que essa não interferência é uma boa medida."

Penny engole em seco. Para evitar que um silêncio constrangedor prejudicasse ainda mais a entrevista, ela disse o que lhe veio à mente. Porém, era evidente que sua resposta tinha acabado com o clima da conversa.

"Entendo. É só isso que você pensa sobre sonhos?", pergunta DallerGut com indiferença.

Ela então decide dizer tudo o que havia preparado para a entrevista. Se voltar pela porta daquele escritório agora, é provável que nunca mais tenha outra chance.

"Para falar a verdade, eu li *A história do Deus do Tempo e seus três discípulos* várias vezes antes de vir para a entrevista. Na história, o terceiro discípulo toma a frente para governar o 'tempo do sono', embora os outros dois discípulos não demonstrassem qualquer interesse nisso."

A julgar pela mudança no olhar de DallerGut, mencionar a recomendação de leitura feita por Assam parece ter sido a escolha perfeita. Ele voltou a encarar Penny com a atenção e o interesse do início.

"Confesso não ter entendido a escolha do terceiro discípulo. O primeiro discípulo escolheu governar o futuro, que dá infinitas possibilidades de qualquer coisa acontecer. O passado, escolhido pelo segundo discípulo, traz todas as valiosas experiências vividas até o momento presente. Há esperanças para o futuro e lições do passado. E essas duas coisas são muito importantes para viver no presente."

DallerGut assente sutilmente, e Penny continua: "Mas e quando você está dormindo? Nada acontece enquanto dormimos. As pessoas só estão lá, deitadas em suas camas, enquanto o tempo passa. Há quem pense nisso como um momento de descanso, mas muitas pessoas acham que é perda de tempo. É como desperdiçar anos e anos de sua vida deitado! Mas o Deus do Tempo confiou o 'tempo do sono' ao terceiro discípulo, o seu preferido. E tudo o que pediu foi que ele fizesse as pessoas sonharem durante o sono. Por que ele fez isso?".

Penny fez a pergunta para ganhar um pouco mais de tempo para pensar.

"Toda vez que penso em sonhos, faço-me esta pergunta: por que as pessoas dormem e sonham? Acredito que seja porque todas são imperfeitas e tolas à sua maneira. É fácil para qualquer um de nós esquecer o que de fato importa, seja para alguém como o primeiro discípulo, que olha apenas para a frente o tempo todo, ou alguém como o segundo discípulo, que está sempre preso ao passado. É por isso que o Deus do Tempo confiou o tempo de sono ao terceiro discípulo, para que pudesse ajudar as pessoas na hora de dormir. Sabe quando as nossas preocupações do dia anterior simplesmente desaparecem num passe de mágica depois de uma noite bem-dormida e acordamos completamente renovados para começar um novo dia? É exatamente isso! Quer você durma profundamente sem sonhar nada ou tenha um bom sonho comprado nesta loja, todos nós dormimos, de um jeito ou de outro, para organizar o ontem e nos preparar para o amanhã. Por esse ponto de vista, o sono não é perda de tempo."

Penny conseguiu dar uma resposta convincente com argumentos tirados do livro. Ela se surpreende com tudo o que saiu de sua boca de maneira tão articulada. Pelo visto, o que lhe disseram a vida toda sobre cultivar o hábito diário de leitura é mesmo verdade. Agora, mais confiante, ela tenta impressionar e acrescenta: "Na minha opinião, o sono e os sonhos são... uma vírgula meticulosamente projetada por Deus nessa linha reta frenética chamada vida!".

Penny termina sua fala sentindo-se orgulhosa. O olhar de DallerGut é indecifrável. Ela então aperta os lábios ao perceber que seu último comentário pode ter soado artificial demais. Deveria ter parado de falar quando as coisas estavam indo bem.

Silêncio. Comparado com a multidão de clientes fazendo compras do lado de lá da porta, o escritório de DallerGut parece uma célula isolada, distante de qualquer agitação. De repente, Penny sente sede.

DallerGut rabisca algo no currículo de Penny e diz: "Muito obrigado por suas observações, Penny. É notável o quanto você se aprofunda ao falar de sonhos". Ele afasta as mãos da papelada e dobra os dedos sob o queixo, olhando-a diretamente nos olhos. "Então deixe-me fazer uma última pergunta. Como você sabe, há muitas outras lojas de sonhos aqui além da nossa Grande Loja de Sonhos. Há alguma razão específica que a faça querer se juntar a nós, e não às outras lojas?"

Penny quase diz que gosta da ideia de um salário alto, mas decide não fazer isso, achando que seria sincera demais. Ela então escolhe com cuidado as palavras em sua cabeça e responde lentamente: "As lojas que vendem sonhos estão se multiplicando, mas a maioria delas oferece apenas sonhos provocantes. Você chegou a mencionar esse fenômeno numa entrevista para o jornal diário *Além da Interpretação dos Sonhos*. Algumas lojas atraem as pessoas oferecendo mais tempo de sono do que elas de fato precisam, e os clientes acabam comprando mais sonhos apenas por prazer. Mas ouvi dizer que as coisas são diferentes na Grande Loja de Sonhos DallerGut. Aqui, você só sonha o quanto precisa, e a importância da realidade é sempre enfatizada. Acho que era exatamente isso que o Deus do Tempo esperava do terceiro discípulo: uma gover-

nança de tempo na quantidade certa e sem invadir o reino da realidade. É por isso que me candidatei para trabalhar aqui".
DallerGut então abre um largo sorriso. Penny percebe que ele parece dez anos mais jovem ao sorrir. Os olhos castanho--escuros dele se fixam em sua nova contratada.
"Penny, você pode começar amanhã?"
"Claro!"
O barulho dos clientes lá fora de repente invade o escritório, tão silencioso até então. Aquele foi o exato instante em que Penny conseguiu seu primeiro emprego.

1. DIA DE GRANDE MULTIDÃO NA LOJA

Penny corre ofegante para o seu primeiro dia de trabalho. Há gotas de suor na ponta de seu nariz. Na noite anterior, ela comemorou o emprego novo com a família e acabou perdendo a hora depois de ter virado a madrugada conversando com os amigos por telefone. Assam estava muito interessado em ouvir sobre como sua indicação de livro ajudara Penny na entrevista.

"E aí? Quando você respondeu isso, qual foi a reação de DallerGut? Minha nossa! Então o livro que eu te dei fez mesmo toda a diferença, Penny. Foi o livro que EU te dei." Penny só conseguiu desligar o telefone depois de prometer de pés juntos que convidaria Assam para jantar como forma de agradecimento.

Hoje, em especial, as ruas estão cheias de residentes e visitantes adormecidos. Indo de um lado para o outro, Penny abre caminho em meio à multidão, sempre pedindo desculpas ao empurrar algumas pessoas e esbarrar em outras. Ela felizmente chega sem atraso.

Só quando vê a porta dos fundos da Grande Loja de Sonhos é que Penny consegue respirar. O beco atrás da loja está tomado por uma nuvem de odores, uma combinação de frutas assadas com leite fervendo. Como não tomou café da manhã, Penny decide ir até a fonte do aroma, uma venda de frutas grelhadas, mas a fila está muito longa.

"Por que tem tanta gente aqui hoje?", murmura Penny, espantada.

Diante da multidão de clientes, o chef do food truck do beco, atordoado, balança a cabeça. Ele vira um espeto de frutas grelhadas com uma mão e mexe uma concha em uma panela enorme com a outra. Ali, uma mistura de leite com cebola borbulha, adquirindo uma coloração levemente amarelada. Essa é uma iguaria popular na região. Se você tomá-la enquanto ainda está bem quente, terá uma noite de sono profunda e nem irá perceber caso alguém o carregue.

Em frente ao food truck, muitas pessoas estão bebendo a mistura de leite com cebola em canecões. Os clientes mais velhos têm uma expressão satisfeita e prazerosa no rosto, mas as crianças costumam fazer caretas após o primeiro gole. Uma delas estava até derramando o líquido no chão, de propósito.

"Não suje a rua!", diz um Noctilucas bem menor do que Assam, colocando-se entre Penny e a criança enquanto gesticula com as peludas patas dianteiras. Ele então começa a limpar a poça de leite do chão. Penny se move para o lado, evitando assim que suas meias fiquem molhadas. Ela não calçou sapatos hoje para poder correr mais confortavelmente.

Andar sem sapatos não era incomum ali. Como a maioria dos clientes adormecidos está descalça, era natural que as ruas fossem tão limpas quanto em suas casas. A certa altura, até mesmo os moradores da cidade passaram a usar apenas meias para sair de casa no dia a dia.

Isso acabou gerando uma crise inesperada para as fadas Leprechaun, que fabricavam e vendiam sapatos havia gerações. À medida que mais e mais pessoas iam comprando meias novas, e não mais sapatos novos, a sapataria das fadas naturalmente sofreu uma queda nas vendas. Foi assim que elas entraram no ramo de produção de sonhos e começaram a expandir os negócios. De acordo com o que Assam contou, as vendas aumentaram mil por cento depois que elas expandiram os negócios, o que parece verídico. A sapataria das fadas Leprechaun era originalmente localizada nos arredores da cidade, onde os aluguéis são baratos, mas um tempo atrás elas se mudaram ali para o centro, o que fez os negócios crescerem de maneira significativa.

Quando passa pela loja das fadas Leprechaun, que fica ao lado da Grande Loja de Sonhos, Penny dá uma olhada na vitrine. Um grande anúncio está fixado ao lado de muitos outros cartazes promocionais que dificultam a visão do interior da loja:

SE VOCÊ PRECISA DE SAPATOS COM ASAS, DE PATINS QUE CORREM TÃO RÁPIDO QUANTO O VENTO OU DE BARBATANAS ESPECIAIS PARA NADAR COM ELEGÂNCIA, É SÓ ENTRAR! PRODUZIMOS TAMBÉM SONHOS QUE FAZEM VOAR, SONHOS QUE FAZEM CORRER MUITO RÁPIDO E SONHOS QUE FAZEM NADAR NAS PROFUNDEZAS, TODOS EXCLUSIVOS DAS FADAS LEPRECHAUN. ELES PODEM SER ENCONTRADOS NO TERCEIRO PISO DA GRANDE LOJA DE SONHOS, AQUI AO LADO. NÃO DEIXE DE VISITAR!

"Papai, quero sapatos com asas. Compra para mim?", pede uma menininha.

"Essas coisas quebram fácil. Os melhores sapatos são os tradicionais, com solas estáveis e sem muitas frescuras."

"Buá... Eu vou me jogar no chão e chorar bem alto!"

Depois de testemunhar a discussão entre pai e filha em frente à loja das fadas Leprechaun, Penny finalmente chega à Grande Loja de Sonhos para o seu primeiro dia. Ela tira os sapatos da mochila e os calça, depois examina o rosto com um espelho do tamanho de sua mão à procura de qualquer sujeira. Hoje seus cabelos não estão muito armados. Com nariz pequeno e olhos grandes, ela não causa má impressão. O fato de ter se esquecido de passar a camisa antes de sair de casa a incomoda um pouco, mas já não há o que fazer a respeito.

Assim que dá os primeiros passos para dentro da Grande Loja de Sonhos, Penny se mistura à costumeira multidão de clientes. No centro do saguão, uma funcionária da recepção faz anúncios em um microfone. É a mesma funcionária de meia-idade que estava ocupada ao telefone ontem.

"Atenção, atenção! Gostaríamos de informar a todos os nossos clientes de fora que os pagamentos poderão ser feitos mais tarde. Benefício exclusivo para os clientes de fora! Se você já retirou seu sonho com alguém da nossa equipe, por favor, saia imediatamente. Essa regra não se aplica aos moradores da cidade. Ei, vocês dois! Vocês têm que pagar primeiro. Venham aqui!"

Um menino e uma menina cheios de sardas tentaram escapar pela porta dos fundos, mas agora caminhavam de volta à recepção. Penny está confusa por não saber se deve primeiro ir ao escritório de DallerGut ou vestir o avental de funcionária. Estava indecisa, presa em meio à multidão de clientes, até que alguém agarra sua roupa e a puxa para a recepção.

"Olá! Prazer em conhecê-la. Você é a novata que começa hoje? Se for trabalhar aqui, é bom estar sempre alerta. Principalmente em um dia como hoje, com tantos clientes", diz a funcionária de meia-idade que estava fazendo os anúncios havia pouco. Ela sorri para Penny. "Eu sou Weather, gerente do primeiro piso, mas pode me chamar só de sra. Weather. Não somos muito adeptos dessa formalidade de cargos. Tenho uma filha da sua idade, mais ou menos, e um filho que tive já mais velha. Trabalho aqui há mais de trinta anos. Isso é o suficiente para me apresentar, certo?" Ela demonstra ter uma personalidade animada e amorosa. No entanto, parece exausta agora. Seus cachos ruivos pendem sem forma, e sua voz soa tristemente rouca.

"Olá, sra. Weather. Meu nome é Penny, e hoje é meu primeiro dia. Talvez eu... por onde devo começar?"

"DallerGut pediu que eu a orientasse quando chegasse. Como você já sabe, a nossa Grande Loja de Sonhos vende sonhos dos mais variados gêneros, do primeiro ao quinto piso. Você não precisa se preocupar com o primeiro piso, pois DallerGut e eu, além de outros funcionários mais experientes, cuidamos da recepção dos clientes. No primeiro piso, lidamos apenas com sonhos raros, então os recém-chegados não ficam aqui. Primeiro de tudo, você precisa dar uma passada do segundo ao quinto piso para conhecer os gerentes. Eles vão apresentar os andares para você, e aí você poderá decidir em qual setor gostaria de trabalhar.

Se nenhum dos gerentes gostar de você, talvez tenha que voltar para casa."

Penny fica paralisada, piscando os olhos tão lentamente quanto uma tartaruga, até que a sra. Weather segura suas mãos para reconfortá-la: "Foi uma piada". Penny então tira a jaqueta que está vestindo e a deixa de canto. Embora o ar-condicionado esteja ligado, sua camisa está molhada de suor. "Bom, vamos lá. Eu preciso voltar a orientar os clientes. Recebemos uma verdadeira multidão hoje."

Penny deixa a recepção. Cercada pelos fregueses, logo perde de vista o rosto da sra. Weather. Só consegue ouvir sua voz rouca ao longe, como um eco.

"Você conhece o sonho Encontro com um Velho Amigo? Resta apenas um desses na seção de "Memórias" do segundo piso. Pois não? Que tipo de amigo aparece? Isso eu não sei dizer. Muito provavelmente algum de infância."

"O sonho Férias de Quatro Dias e Três Noites nas Maldivas esgotou assim que chegou. Sinto muito."

"Senhor, este sonho está reservado para outro cliente. Peço que não abra a embalagem, por favor."

"A série Sonhos Esquisitos que Despertam os Cinco Sentidos, de Chuck Dale, está esgotada. Um grupo de adolescentes veio mais cedo e comprou tudo."

"Esse aí está quase esgotado. Em todos os pisos!"

A voz da sra. Weather fica para trás quando Penny vira na direção do elevador. Como já havia uma fila enorme de clientes esperando ali, ela decide subir pela escada que fica ao lado do escritório de DallerGut. Por um instante, pensa em passar para cumprimentá-lo, mas isso vai ficar para mais tarde, porque há um pedaço de papel colado na porta do escritório que informa, em caligrafia apressada: VOLTO MAIS TARDE. Parece que a impressora dele ainda está quebrada.

Os degraus de madeira são tão altos que Penny sente os músculos da coxa formigarem ao chegar no segundo piso. Ela decide que tentará usar sempre as escadas no trabalho, assim não precisaria se exercitar fora dali.

À primeira vista, o que chama a atenção no segundo piso é a limpeza. Não parece haver uma única partícula de poeira no ambiente de madeira brilhante. O espaço entre as luminárias e as prateleiras, distribuídas de maneira uniforme, parece ter sido milimetricamente medido. A maioria das prateleiras está vazia, como se todas as mercadorias tivessem sido vendidas, e as caixas de sonhos restantes foram alinhadas em um determinado ângulo e embaladas com laços perfeitamente simétricos. Os funcionários de avental que circulavam entre as prateleiras ficavam tensos sempre que um cliente descuidado olhava as caixas de sonhos mais de perto e as deixava cair no chão.

Se no primeiro piso há apenas mercadorias exclusivas ou edições limitadas, ou ainda produtos sob encomenda, o segundo piso vende sonhos mais gerais. Ele é chamado de "Cantinho do Cotidiano", e ali as pessoas podem comprar sonhos com cenas da vida, como viagens curtas, encontros com amigos e até refeições deliciosas.

Logo na frente da escada, numa vitrine, há uma placa onde se lê: MEMÓRIAS. Dentro do display, uma luxuosa caixa de couro traz a inscrição "Sem reembolso após aberto". Restam apenas alguns sonhos ali.

Um cliente que estava olhando aqueles produtos chama um funcionário e pergunta: "Que tipo de sonho é este?".

"Estas são memórias de infância. Algo que você gosta muito de lembrar será revivido em seu sonho. Sendo assim, as histórias podem variar dependendo do sonhador. No meu caso, tive um sonho em que me deitava no colo da minha mãe enquanto ela limpava meus ouvidos. O cheiro da minha mãe e aquele ambiente familiar pareciam tão reais... Foi maravilhoso." O funcionário olha o nada com uma expressão de encantamento.

"Vou levar este, então. Posso comprar vários de uma vez só?"

"Pode, claro. Muitos dos nossos clientes levam dois ou três destes por noite."

Penny fica na ponta dos pés para ter uma visão ampla do segundo piso. Um homem de meia-idade, que parece ser o gerente do piso, está falando com um cliente em um canto decorado como se fosse um quarto moderno. Ela se aproxima com cuidado para não atrapalhar a conversa deles.

Não é difícil reconhecer o gerente ali. Isso porque, enquanto todos os outros funcionários usam um avental de amarrar na cintura e um broche prateado com o número "2" gravado, ele é o único vestindo uma jaqueta luxuosa e um broche no peito. Ele parece ágil e obstinado.

"Por que não posso comprá-lo agora?", um jovem cliente intrigado pergunta ao gerente.

"Que tal voltar depois? Você parece ter muita coisa na cabeça agora, e isso vai afetar a nitidez do seu sonho. Quando é assim, o melhor a se fazer é ter uma boa noite de sono primeiro. Lamento ter que dizer isso. Pela minha experiência, noventa e nove por cento dos clientes como você acabam deixando os pensamentos invadirem seus sonhos, e isso transforma por completo a história. Entende? Há um ótimo leite com cebola no beco aqui atrás, e ele é tudo o que você precisa para dormir bem, além de ter um cheiro muito gostoso. Eu recomendaria que você o experimentasse e dormisse antes de comprar qualquer coisa."

O cliente resmunga alguma coisa e vai em direção ao elevador. O homem que parece ser o gerente pega a caixa de sonhos que ficou para trás, limpa com seu lenço e a coloca de volta na prateleira, ajustando o ângulo com precisão.

"Com licença... O senhor, por acaso, é o gerente do segundo piso?", pergunta Penny com muita delicadeza. A calça que ele veste está muito bem passada, e seus sapatos não têm nem uma partícula sequer de sujeira. O bigode dele está aparadíssimo, e seu cabelo, ainda que muito curto para qualquer tipo de penteado, está perfeitamente puxado para trás com gel. Parecia difícil se aproximar de uma figura assim.

"Sim, sou eu. Meu nome é Vigo Myers. Você é a nova contratada?"

"Ah, sim. Eu sou Penny. Como você sabia?" Ela cobre as bochechas com as mãos para esconder qualquer sinal de "novata" ou "inexperiente" em seu rosto.

"Bem, os clientes raramente falam comigo primeiro. Eles costumam procurar os outros funcionários. Dizem que não sou

muito acessível, mas não ligo muito para isso. De qualquer forma, como você não é uma cliente e não me parecia familiar, só pode ser a nova contratada." Myers cruza os braços e, muito sério, encara Penny. "Ah, sim. Você deve estar visitando piso por piso agora. O chefe mencionou que você viria."
"Sim. Isso mesmo."
"Bom, você tem alguma dúvida sobre o nosso piso?"

Naquele momento, a maior dúvida de Penny era como fazer para dar um laço tão perfeito nas fitas que embalam cada produto, mas ela se contém e decide tirar sua segunda maior dúvida: "Por que você não vendeu o sonho para aquele cliente?".

"Boa pergunta." Myers solta os braços e acaricia uma das prateleiras. "Os sonhos deste piso são os melhores do mercado. Eu mesmo os escolhi após testar cada um deles meticulosamente. A última coisa que quero é que os clientes levem esses sonhos por levar e depois voltem dizendo coisas como: 'Que sonho mais estúpido!'. Lembre-se bem disso. Você nunca deve vender sonhos para qualquer pessoa, ou não receberá o pagamento por eles."

Penny sabe que a loja só recebe pagamentos dos clientes de fora depois que eles sonharem, mas ainda não conhece os detalhes. Ela finge que entende e apenas concorda com a cabeça.

"Hoje em dia, parece que os novos funcionários só são contratados depois de entregar uma mera carta de apresentação e ter uma rápida entrevista com DallerGut. Não é isso?". Myers resmunga sarcasticamente, falando para si mesmo.

"Sim... Quer dizer... foi assim comigo."

"Isso é um absurdo! Estou pensando em fazer outra rodada de testes para os funcionários que escolherem o meu piso. É impossível trabalhar aqui sem um conhecimento mínimo de incerteza e descontinuidade dos sonhos. A natureza flexível e perigosa desses produtos não pode ser aprendida superficialmente. Não mesmo! Fiz dupla graduação na universidade, em Sonhologia e Neurociência do Sonho. Vários dos meus artigos foram publicados em periódicos acadêmicos especializados. Esse conhecimento todo é muito útil no trabalho aqui. Weather conseguiu o cargo de gerente no primeiro piso só porque trabalha há muito tempo com DallerGut. Eu, por outro lado, me tornei gerente do segundo piso por causa da minha competência. Ou você acha que estou aqui por pura sorte?"

"Claro que não. Você é incrível!"

Penny não quer fazer os testes extras de Myers para trabalhar no segundo piso. Parece que ele também percebe isso e dá um passo atrás para, em seguida, gritar com os outros funcionários: "Ok! Agora passem todos os itens restantes da terceira prateleira para a primeira! Rápido, rápido!".

"Sim, senhor!" Os funcionários do segundo piso se movem rapidamente ao comando de Myers. Seus aventais de linho estão lisos como se tivessem sido passados agora. Isso faz Penny perceber as extremidades amassadas de sua camisa, que ela tenta alinhar enquanto sobe as escadas para o terceiro piso.

O clima no terceiro piso é bem mais animado do que no segundo. As paredes estão cobertas com anúncios dos produtos, tão harmônicos em sua paleta de cores que parecem um papel de parede moderno. Os alto-falantes tocam as músicas da moda. Um clima excitante.

A empolgação está não apenas nos funcionários, que dão informações sobre os produtos, como também nos clientes em busca dos sonhos que vão comprar. Um dos atendentes segura uma caixa de sonhos colorida, com uma estampa de corações rosa-clarinhos, e parece determinado a vendê-la.

"A série Sonhos Esquisitos, de Chuck Dale, está sempre esgotada. Em vez desses, que tal este aqui, de Keith Gruer? Se tiver sorte, poderá sonhar com um encontro com o amor da sua vida em um lugar maravilhoso." À mínima demonstração de interesse por parte do cliente, o funcionário acrescenta, quase inaudível: "Mas há um porém: a depender do seu estado, uma pessoa completamente estranha pode acabar se tornando o seu par romântico".

Os atendentes do terceiro piso parecem mais descontraídos. Seus aventais de trabalho são todos personalizados: uma funcionária transformou o seu numa saia de princesa, e outro atendente simplesmente pendurou no avental um crachá com a foto do seu produtor de sonhos favorito. O funcionário que está trocando a lâmpada de uma das prateleiras tem um grande bolso costurado no avental, e ele está cheio de barras de chocolate.

Os olhos de Penny procuram alguém que pareça ser o gerente daquele piso, mas ninguém ali se destaca pelo uniforme diferente ou pela postura mais experiente. Ela então se aproxima de uma funcionária que, trajando um avental de linho simples, está limpando uma das prateleiras.

"Com licença. Você poderia me dizer onde posso encontrar o gerente deste piso? Hoje é o meu primeiro dia na loja, e estou visitando cada setor."

"Olha só, a nova contratada! Está falando com a própria. Eu me chamo Mogberry e sou a gerente do terceiro piso."

O uniforme da mulher é idêntico ao dos demais funcionários da loja. Seu cabelo, curto e encaracolado, está preso em um rabo de cavalo apertado, mas alguns fios estão soltos e apontando para todas as direções.

Penny assente educadamente com a cabeça. Mogberry parece nova demais para ser gerente. Suas bochechas rosadas acrescentam-lhe um ar ainda mais jovial.

"Meu nome é Penny. DallerGut me instruiu a fazer um passeio por todos os pisos da loja, então aqui estou."

"Sim, eu já sabia. Seja bem-vinda ao terceiro piso!", diz Mogberry com um sorriso largo. "Aqui é onde estão reunidos todos os sonhos inovadores e originais, alguns com muita ação. Ah, Penny, você me dá licença por um segundo? Senhorita, posso ajudar? Está procurando algo em particular?" Mogberry interrompe a apresentação para se dirigir a uma cliente que estava por perto.

"Se me disser quais são suas preferências, posso encontrar o sonho mais adequado para você."

A cliente está usando um short esportivo e uma camiseta com decote em V bem aberto. Parece tão jovem quanto uma aluna do ensino médio. Ela esfrega os braços sem parar, como se estivesse com muito frio.

"Estou procurando um sonho em que eu seja o centro das atenções. Melhor ainda se o mundo girar em torno de mim. No último sonho que comprei, fiz uma apresentação de rap incrível na frente de todos os alunos durante um festival da escola e me senti muito cobiçada. Todos queriam o meu autógrafo."

"Receio que não tenhamos mais esse em estoque, mas... Ah, já sei! Que tal esta série de ficção científica? Os filmes de super-heróis estão em alta hoje em dia! Você pode sonhar que é a Mulher de Ferro ou a Feiticeira Verde. A produtora de sonhos Celine Gluck é famosa por sua atenção aos detalhes, então você ficaria imersa instantaneamente."

"Uau! Vi um filme de super-herói hoje mesmo. Que incrível! Vou querer um, por favor."

Mogberry sorri, satisfeita por mais uma venda acertada. A cliente pega o sonho, o coloca debaixo do braço e desaparece na direção oposta, para dar mais uma olhada nos produtos.

Enquanto observa a cliente ir embora, Penny de repente se lembra do aviso que leu na vitrine da sapataria das fadas Leprechaun.

"Ouvi dizer que o Sonho de Voar das fadas Leprechaun fica no terceiro piso. Será que já esgotou?", pergunta Penny. A expressão sempre sorridente de Mogberry se altera e ela franze a testa. E então, fazendo um bico de desagrado, diz:

"O Sonho de Voar está sempre esgotado. E quer saber? Essas fadas Leprechaun são muito espertas! Para ser sincera, no início não me animei quando soube que aqueles seres pequenininhos que fabricavam sapatos entraram de repente no ramo dos sonhos. É muito claro para mim que, ao se infiltrarem nisso, elas começaram a entregar sonhos aos seus clientes que fazem com que você se sinta imóvel, como se seus pés fossem de aço. Elas dizem que é estratégico para ganhar mais dinheiro, e que todos nós saímos ganhando. Mas você acha que isso é honesto? Quando as confrontei, ameaçaram cortar o nosso fornecimento caso me intrometesse nos assuntos delas, porque, sabe como é, só elas podem fabricar esses sonhos. É inacreditável!"

Penny se arrepende de não ter estudado sobre o valor dos sonhos antes de entrar. Por que você lucraria mais ao vender um sonho que deixa os pés pesados como aço? É uma lógica difícil de entender. Ela até já viu livros como *A economia dos pagamentos parcelados dos sonhos* e *Venda seus sonhos para comprar sua casa* na seção de economia das livrarias, mas nunca teve vontade de lê-los. Penny é um zero à esquerda com finanças ou qualquer assunto que envolva números. Por mais que quisesse perguntar a Mogberry, decide não fazer isso hoje, com medo de parecer uma novata despreparada. Afinal, isso poderia arruinar suas chances de conseguir uma vaga em qualquer um dos pisos.

"DallerGut é muito tolerante. Na minha opinião, deveríamos romper o acordo com as fadas Leprechaun!", resmunga a gerente, parecendo cada vez mais irritada ao falar e pensar sobre isso. Cada palavra indignada que Mogberry pronuncia faz com que os seus cachos saltem do topo da cabeça como molas em miniatura. Agora havia mais cabelos arrepiados do que presos no rabo de cavalo.

Penny começa a procurar uma deixa para escapar para o quarto piso enquanto o desabafo monótono de Mogberry continua sem perspectiva de acabar. Até que a gerente encontra sua próxima vítima, outro funcionário que passava por ali e podia ouvi-la desabafar sobre as fadas Leprechaun, e Penny aproveita a oportunidade para se esgueirar em direção ao quarto piso.

Sua expectativa para o quarto piso é alta. Ali há sonhos exclusivos para cochilos, os quais ela ouviu dizer que são particularmente populares entre os clientes animais, que tendem a ter sono leve, e os clientes bebês, que dormem a maior parte do dia. Ou seja, ela estaria cercada por clientes fofos e adoráveis enquanto trabalha, e isso é motivo suficiente para ficar animada.

Penny adentra o quarto piso com passos empolgados. Como esperado, ela avista alguns clientes pequeninos e adoráveis, mas, de maneira geral, o ambiente não é exatamente como ela imaginava, já que há também um número considerável de adultos com aparência sombria e animais com aspecto agressivo. O pé-direito do quarto piso é mais baixo em comparação com os outros pisos, e as prateleiras vão até a altura do tornozelo. Penny sente como se estivesse em um enorme mercado de pulgas, com os produtos espalhados em muitos tapetes pelo chão, como num piquenique.

Andando colada à parede, Penny precisa desviar de um bicho-preguiça deitado no meio do corredor e de uma criança pequena que ri enquanto cutuca o cliente animal. Aos pés de Penny, há uma

prateleira com uma placa que diz SONHO DE BRINCAR COM O DONO. Um cachorro velho e com muitas falhas nos pelos está deitado no chão e fareja cuidadosamente para escolher um produto. Penny se afasta um pouco para não perturbar os clientes.
"Toc-toc." Alguém dá um tapinha nas costas de Penny, assustando-a. Ela se vira e dá de cara com um homem de cabelos longos e desgrenhados vestido com um macacão.
"Oi. Você deve ser a novata, certo? Se chegou até aqui, deve estar precisando falar comigo primeiro, não é?", diz ele com malícia.
"Ah, olá. Meu nome é Penny. Acabei me distraindo ao olhar por aí... Você é o gerente do quarto piso?"
"Claro que sim! Me chamo Speedo e sou o gerente aqui. Quem mais poderia ser?" Ele fala bem depressa. "Este piso está sempre movimentado. Vendemos muito. Você sabe qual é a coisa mais importante aqui?"

Speedo parecia confortável em conduzir a conversa sozinho, enquanto Penny permanecia imóvel, meio sem saber o que fazer. Até que ela se dá conta da pergunta dele e faz uma cara de curiosidade. Speedo ergue orgulhosamente o queixo a um ângulo de quarenta e cinco graus e passa a mão esquerda pelos cabelos longos. Ele tem uma barba rala no queixo, com menos de dez fios. Na tentativa de evitar olhar para as expressões faciais dele, Penny decide se concentrar no broche em seu peito. No acessório reluzente de prata, está gravado o número "4".

"Você também não sabe? Então ouça com atenção. O mais importante é garantir que esses clientes, que estão apenas cochilando, não durmam profundamente com os nossos sonhos. Cochilos longos fazem os bebês chorarem, e sono profundo torna os animais presas fáceis. Dito isso, se não estiver confiante, é melhor não vender nossos sonhos. Afinal, os outros pisos já garantem vendas suficientes para a loja."

Speedo conta vantagem sem parar. Ele devia estar morrendo de vontade de fazer isso, mas não havia ninguém por perto para ouvi-lo se gabar.

"Você tem alguma pergunta para mim?"

"Hum... Bem..." Penny tenta pensar em uma pergunta, mas o gerente não consegue esperar nem cinco segundos.

"Você deve estar se perguntando por que eu uso esse macacão, não é? As pessoas sempre me perguntam isso!" Penny não consegue esconder sua expressão de "Na verdade, não". Infelizmente, Speedo não se importa. "Para mim, vestir a parte de cima e a de baixo separadamente é perda de tempo. Prefiro dormir um minuto a mais pela manhã. Ah, você deve estar se perguntando como faço para ir ao banheiro usando isto, não é? As roupas hoje em dia são tão bem projetadas. Olha só, você abre o zíper aqui..."

"Não precisa explicar, sr. Speedo. Acho que entendi. Obrigada!"

"Entendeu? Então você poderia, por favor, sair do meu caminho? Logo, logo começam a chegar os espanhóis, que adoram um cochilo." Speedo sai apressado, falando tão rápido quanto antes. Segundos depois, ele já está conversando com um dos clientes de fora.

"Você tem mesmo um olhar afiado! Este aí é o Sonho que Ajuda a Recuperar do Cansaço, e restam apenas dois no estoque. Não há sonho melhor para uma soneca do que este. E aí, o que acha? Devo pegar um para você? Ou dois?"

O cliente se assusta, larga o produto de volta na prateleira e sai apressado para outro lugar. É possível ver mais pessoas saindo com pressa, todas assustadas com a aparição repentina e a estratégia de venda agressiva de Speedo. Ele, contudo, não parece se importar muito e segue perambulando por todos os lados.

"Ei, Penny. Você ainda está aqui?" Em um piscar de olhos, Speedo está ao lado dela outra vez, sussurrando em seu ouvido.

Penny espera não ser designada para o quarto piso.

Ela está cada vez mais angustiada. Claro, havia ainda o quinto piso, mas lá são vendidos apenas sonhos que sobraram dos outros andares. Ela então decide abaixar sua expectativa de que o ambiente de trabalho do quinto piso seja melhor do que os demais. Assim que chega lá, a primeira coisa que Penny nota são as faixas penduradas sem lógica nenhuma por todo o local. Ela afasta

uma das faixas velhas, já caídas, que diz GRANDE LIQUIDAÇÃO DE PRODUTOS PRESTES A EXPIRAR!, e segue em frente.
O quinto piso está muito mais lotado de clientes e funcionários do que qualquer outro. Há uma pilha de caixas de sonhos em uma mesa de exposição no centro do andar, como se tivessem sido jogadas ali de uma só vez. Na mesa de exposição, há vários avisos colados e escritos à mão:

80% DE DESCONTO!
AVISO: TODOS OS SONHOS AQUI SÃO EM PRETO E BRANCO.
SE DESEJAR SONHOS COLORIDOS, FAVOR DIRIGIR-SE AOS FUNCIONÁRIOS DOS OUTROS PISOS.

Abaixo dos avisos, há caixas de sonhos etiquetadas, como Sonho de Comer uma Lagosta Inteira em uma Praia Privada e Pôr do Sol na Praia da Ilha do Mar do Sul. Penny imagina todas as cenas em preto e branco, uma lagosta preta e o oceano acinzentado, e então balança a cabeça. O ditado popular "O barato sai caro" se encaixa perfeitamente ali.

"Caros clientes, esta é uma verdadeira caça ao tesouro! Alguns sonhos foram originalmente precificados em mais de cinquenta gordons, outros sonhos são obras-primas feitas por produtores lendários. Alguns são edições limitadas, encomendados com meses de antecedência. Todos eles estão escondidos aqui em algum lugar, esperando para serem encontrados! Fiquem de olhos bem abertos e descubram os seus tesouros!"

Penny se detém para observar um funcionário que, de costas para ela, gesticula de forma exagerada. Ombros redondos, movimentos de certa forma ágeis em contraste com um corpo rechonchudo... Pensando bem, aquela silhueta parece estranhamente familiar.

"Motail!"

"Penny! Então você é a nova contratada que começa hoje?", cumprimenta Motail, demonstrando alegria em vê-la.

Ele e Penny são amigos desde o ensino médio. Motail foi um dos alunos mais bagunceiros da escola, que adorava ser o centro das atenções. Era conhecido também por fazer as melhores imitações dos professores.

"Por acaso você é o gerente do quinto piso?"

"Nossa, não mesmo! Mas não seria uma má ideia. O quinto piso não tem gerente. Todos os funcionários têm liberdade para vender sonhos da maneira que quiserem, cada um ao seu critério. É o lugar perfeito para mim!"

Enquanto conversa com Penny, Motail continua movimentando o corpo alegremente e indica para os clientes os sonhos ali disponíveis.

"Hoje é por minha conta! Você compra um e leva outro de graça! Tiro do meu próprio salário e dou a você como brinde."

"Você tem certeza de que quer fazer isso?", pergunta Penny, preocupada.

"É mentira. Na verdade, estou vendendo um pelo preço de dois desde o início."

Motail tira a jaqueta de veludo e a coloca sobre os ombros, como uma capa, antes de continuar pulando eufórico. De fato, este lugar combina muito com ele. Penny por um instante se imagina dançando e vendendo sonhos encalhados, como Motail, e se desespera.

"Ei, Penny! Olhe só isso. Chegaram uns sonhos incríveis hoje."

Com um salto, Motail aparece do lado dela segurando uma caixa de sonhos embalada em plástico azul.

"Isto é…?"

"Isso mesmo! É a obra-prima de Wawa Sleepland: Viagem de Sete Dias no Tibete! A vista deve ser de tirar o fôlego. Claro, já passou da data de validade, então algumas partes devem estar em preto e branco. Dizem que os cenários criados por Sleepland são muito mais impressionantes em seus sonhos do que na vida real. Mas isso não é novidade para você, certo?"

"Como é que um sonho tão valioso assim acabou no quinto piso?"

Isso deixa Penny intrigada. Wawa Sleepland é uma dos cinco produtores lendários, e seus sonhos são raros de conseguir, mesmo depois de meses de espera.

"O cliente fez uma encomenda de sonho personalizado, mas não conseguiu buscá-lo no prazo. Ouvi dizer que foi durante a época de provas ou algo assim, então ele virou a noite estudando. Os produtos não retirados no prazo acabam aqui no quinto piso.

Vou esconder isso até o final do meu turno e depois levo para casa", diz Motail com um sorriso malicioso enquanto empurra a caixa para baixo de uma das prateleiras.

"Por favor, é segredo. Não conte nada para o DallerGut, Penny! Quero continuar trabalhando aqui por muito tempo", acrescenta ele, revelando os dentes tortos. "Se eu fosse você, pensaria seriamente em vir para o quinto piso. Aqui você recebe comissão pelo seu desempenho de vendas!"

A ideia é tão tentadora que os olhos de Penny se arregalam. Mas Motail logo acrescenta: "Só que, para isso acontecer, o salário-base é bem baixo".

Terminadas as visitas, é chegada a hora de descer para encontrar DallerGut no primeiro piso. Em vez de pegar o elevador, Penny desce as escadas bem devagar para ter um tempo para pensar.

Qual andar escolher? Ela começa a pesar os riscos de trabalhar em cada um deles. Se ela fosse para o quinto piso, teria que mudar sua personalidade de várias formas, fazendo aula de canto ou, de preferência, nascendo de novo. O quarto exigiria que ela se acostumasse a trabalhar com Speedo. O terceiro parece o mais agradável de todos, exceto pelo fato de que ela precisaria tomar muito cuidado ao escolher um assunto para conversar com Mogberry. Já para trabalhar com Vigo Myers no segundo piso, ela teria que começar a passar sua blusa a ferro todos os dias antes mesmo de se submeter ao teste específico dele. Assim que Penny passa pelo segundo piso, ela ouve Vigo Myers gritando: "Todos os produtos do segundo piso estão esgotados! Tudo esgotado!".

Penny chega ao primeiro piso e para em frente ao escritório de DallerGut, ainda indecisa sobre qual andar escolher. O aviso que dizia VOLTO MAIS TARDE não está mais lá.

Penny está prestes a bater na porta quando percebe que encontra-se entreaberta. Pela fresta, ela dá uma espiada no escritório. DallerGut não está sozinho: está acompanhado pela sra. Weather, da recepção.

"DallerGut, estamos velhos e cansados. Já passou da época em que uma marmita mequetrefe era suficiente para nos animar. Isso foi trinta anos atrás. Precisamos de mais pessoas na recepção do primeiro piso. É trabalho demais para você e eu fazermos sozinhos. Veja o que aconteceu hoje. Você ficou indisponível o dia todo para cuidar dos pedidos feitos sob encomenda em seu escritório e controlar os inventários no estoque. Por conta disso, estou completamente exausta", reclama a sra. Weather.

"Sinto muito, Weather. Mas você sabe quão importante é o trabalho na recepção. Não posso confiá-lo a qualquer pessoa. Primeiro, vou passar um memorando interno anunciando a vaga, para ver se alguém da nossa equipe está interessado. Tenha um pouco mais de paciência. Sei que o trabalho pode ficar pesado, então não consigo imaginar quem estaria disposto a assumir... Ah, sim! Que tal Vigo Myers, do segundo piso?"

"Vigo Myers?", perguntou a sra. Weather.

"Ele tem experiência e conhecimento, então deve ser de grande ajuda para você", diz DallerGut gentilmente.

"Olha, temo que ele não gostaria da ideia de trabalhar para mim. A menos que ofereçamos a ele um cargo de gerência no primeiro piso... Espera um minuto. Quem está aí?" A sra. Weather sente a presença de alguém atrás de si e se vira para a porta. Penny entra no escritório mantendo a maior calma possível.

"Perdão! Não quis interromper a conversa. Só queria passar aqui para dizer que terminei de visitar todos os andares..."

"Ah, tudo bem. Não tem problema! Por favor, sente-se conosco." DallerGut cumprimenta Penny de forma amigável. Ele está recostado em uma cadeira vestindo um cardigã felpudo.

"E então, para qual andar você quer se candidatar?", pergunta DallerGut.

A sra. Weather também parece interessada em ouvir a resposta de Penny.

"Se fosse eu, escolheria o segundo piso. Sei bem que Vigo Myers é bastante exigente e difícil de lidar, mas você aprenderia muito com ele."

Mas Penny acaba de descobrir que uma posição realmente tentadora está para surgir, e não quer deixar essa oportunidade escapar. Depois de uma breve hesitação, ela diz sem rodeios: "Eu gostaria de trabalhar na recepção do primeiro piso".

Para a surpresa de Penny, DallerGut e a sra. Weather aceitam de bom grado sua proposta. A sra. Weather parece especialmente animada ao saber que amanhã já vai ter ajuda para aliviar sua carga de trabalho. E DallerGut, que estava sofrendo calado com medo de que Weather soltasse uma bomba do tipo "Eu me demito" ou "Consegui um emprego em outra loja", parece feliz com a solução perfeita apresentada por Penny.

Os três vão juntos à recepção para passar a Penny as informações sobre o seu novo cargo. Atrás do balcão, há vários monitores de segurança que mostram o status de cada andar, além de um microfone para anúncios. Em um dos lados, estão empilhados vários folhetos de produtos para serem entregues aos clientes.

"Aqui você pode acompanhar o inventário do estoque, as vendas e o status dos pagamentos dos sonhos de cada piso", diz a sra. Weather enquanto abre várias janelas complicadas no monitor. "Esta é a versão 4.5 do Sistema de Pagamento dos Sonhos! É o software definitivo e completo que contém tudo o que você precisa para administrar uma loja. Acima de tudo, o sistema de saldo de pagamentos dos sonhos que ele oferece é excelente. A licença é cara, mas vale a pena. E caso você queira usar o sistema automático de saldo que está ligado ao cofre... Quando o inventário estiver abaixo de treze por cento, isso irá acionar uma notificação automática..."

Penny percebe que está começando a perder o foco. Ela só entende fragmentos de palavras da fala da sra. Weather. Para sua surpresa, DallerGut, parado como um poste ao seu lado, tem o mesmo olhar vago.

"Já vi que você é igualzinha ao DallerGut. Ele odeia falar sobre tecnologia. Então hoje vou só explicar o que é a balança de pálpebras."

"Isso é algo em que eu também posso opinar!", diz DallerGut, animado.

A sra. Weather se vira para a parede que circunda a parte de trás do balcão da recepção. Olhando com atenção, a imponente parede é uma estante gigante, e as prateleiras estão completamente ocupadas.

Há pequenas balanças com números em cada uma delas. O pêndulo dessas balanças oscila para cima e para baixo como uma pálpebra humana, indicando o status de sono. Na balança número 902, localizada ao nível dos olhos de Penny, o marcador está se movendo depressa para cima e para baixo entre "totalmente desperto" e "sonolento".

"Estas são as balanças de pálpebras dos nossos clientes regulares. Elas foram projetadas para prever os horários de visita deles. É um item feito com o conhecimento operacional de longa data da nossa loja", diz DallerGut com orgulho no olhar.

"Essa cliente, por exemplo, sempre ficava com as pálpebras pesadas por volta do mesmo horário", diz a sra. Weather em tom sentimental ao olhar para a balança de número 999. "Contudo, à medida que ela envelhecia, passou a dormir bem menos. Hoje, raramente vem comprar sonhos. Quantas lembranças! Se os clientes pediam sonhos por encomenda e não vinham buscá-los a tempo, às vezes eu acariciava delicadamente suas pálpebras. Mas o melhor é evitar fazer isso. Nunca se sabe se os clientes estão no meio de algo muito importante, impossibilitados, portanto, de se dar ao luxo de um cochilo."

Penny está tão ocupada fazendo anotações que não tem tempo para responder. Apenas pede: "Sra. Weather, poderia repetir o que acabou de dizer? Você faz o que mesmo com as pálpebras?"

"Tudo bem. Sem problemas. Vamos trabalhar juntas, no fim das contas."

Os três estão profundamente imersos na conversa sobre a balança de pálpebras quando um alarme dispara no balcão da frente. Vem do Sistema de Pagamento dos Sonhos, tão elogiado pela sra. Weather.

"DING-DONG! TODOS OS PRODUTOS ESTÃO ESGOTADOS! ESTAMOS SEM ESTOQUE!"

"Parece que o trabalho acabou por hoje, já que está tudo esgotado." DallerGut verifica a notificação e anuncia pelo microfone que todos estão liberados para sair mais cedo. Há urros de alegria em todos os andares assim que o anúncio é feito.

"Faz muito tempo que isso não acontece! Eu também vou sair mais cedo. Tenho um compromisso familiar hoje à noite. Meu filho mais novo finalmente conseguiu plantar bananeira, então vamos comemorar!", conta a sra. Weather.

Todos os funcionários, incluindo a gerente da recepção, saem um após o outro, e agora só restam DallerGut e Penny na Grande Loja do Sonhos. Ela também quer ir embora, mas está esperando seu chefe sair primeiro. Ele, contudo, continua no escritório. Enquanto isso, lá na porta da frente, alguns clientes ainda tentam bisbilhotar a loja.

"Lamentamos, mas todos os nossos produtos estão esgotados. Tornaremos a abrir amanhã, assim que repusermos o estoque." Penny estica o pescoço para fora da loja e tenta transmitir seu melhor olhar de desculpas. Quatro ou cinco clientes de pijama dão de ombros e fazem meia-volta, tomando caminhos distintos.

Enquanto isso, DallerGut está rabiscando algo em um papel no balcão da recepção.

"O que você está escrevendo?", pergunta Penny.

"Um aviso de ESGOTADO para pendurar na porta da frente."

Penny fica em silêncio, observando DallerGut. Ele já jogou fora três folhas de papel e está reescrevendo uma quarta versão, pois, ao que parece, não gosta da própria caligrafia. Penny ainda acha surreal estar de fato trabalhando com DallerGut e poder ficar tão perto dele.

"O terceiro discípulo da história é mesmo um dos seus antepassados?", ela pergunta subitamente.

"É o que me disseram. Meus pais e avós sempre me lembravam disso", responde DallerGut com indiferença enquanto tira fiapos de seu cardigã.

"Isso é incrível!" Penny o fita com admiração. Enquanto isso, ele termina de escrever o aviso para afixar na porta de entrada da loja.

"Pronto! É isso", exclama.

"Vamos lá! Eu te ajudo a prender." Penny corta dois grandes pedaços de fita adesiva e prende bem o aviso, para evitar que ele caia. Ela então se afasta para olhar e ter certeza de que não está torto antes de voltar para dentro da loja.

TODOS OS SONHOS ENCOMENDADOS
PARA HOJE ESTÃO ESGOTADOS!
AGRADECEMOS AOS NOSSOS CLIENTES POR
VISITAREM A GRANDE LOJA DE SONHOS
DALLERGUT A CAMINHO DO SEU SONO DE HOJE.
POR FAVOR, VOLTEM AMANHÃ!
ESTAMOS ABERTOS O ANO TODO, VINTE E QUATRO
HORAS POR DIA, SETE DIAS POR SEMANA.
NÓS SEMPRE TEREMOS PRODUTOS DE SONHOS
INCRÍVEIS ESPERANDO POR VOCÊS.
– ATENCIOSAMENTE, DALLERGUT –

"Que tal comermos uns biscoitos?", cantarola DallerGut enquanto abre o pacote que diz "Biscoitos para Estabilidade Mental e Física". É o mesmo biscoito que ele ofereceu para Penny durante a entrevista.

"Espere aí! Por que é mesmo que você ainda está aqui? Deveria ir para casa", pergunta DallerGut, como se tivesse acabado de se lembrar.

"Bom... na verdade, eu meio que fiquei... já que você ainda está aqui..."

"Oh, não! É que eu já saí do trabalho", diz DallerGut de forma ambígua.

"Como assim?"

"Na verdade, eu moro no sótão deste prédio, que foi reformado para mim."

"Ah..."

Tlim-Tlim!

Naquele instante, a campainha pendurada na porta da loja toca, e um cliente idoso entra.

"Lamento, mas estamos sem estoque...", diz Penny ao homem. Mas DallerGut intervém, sinalizando para que ela espere um instante.

"Eu... na verdade, não estou aqui para comprar nada. Quero saber se vocês aceitam encomendas", o cliente pergunta.

"Claro! Por favor, entre." DallerGut dá as boas-vindas ao visitante enquanto habilmente esconde o biscoito atrás das costas. O homem é seguido por mais algumas pessoas – todas de diferentes idades e gêneros, porém todas com os olhos inchados. É possível que tenham chorado antes de dormir.

"Parece que aconteceu alguma coisa com eles", sussurra Penny para DallerGut, certificando-se de falar baixinho o suficiente para que os clientes não ouçam.

"Isso mesmo. E eu conheço todos eles. Na verdade, eles chegaram aqui mais tarde do que o habitual."

"Eles parecem ter se revirado bastante na cama antes de pegar no sono."

"É bem provável."

DallerGut leva os clientes para a sala de descanso dos funcionários, localizada à direita da entrada da loja. Penny os segue, o que não parece incomodar DallerGut.

Atrás de uma porta em forma de arco que range alto, a sala de descanso se revela bastante espaçosa. Um candelabro, que mais parece uma lâmpada, ilumina o ambiente de maneira aconchegante. Há almofadas desgastadas com retalhos remendados, um sofá e uma longa mesa de madeira feita de um tronco de árvore inteiro. O lugar parece completo, com uma geladeira antiga, uma máquina de café e até mesmo uma cesta de lanches.

Os clientes se sentam enquanto DallerGut pega um punhado de doces da cesta de lanches e começa a distribuí-los.

"Isto aqui se chama Doce do Sono Profundo. É saboroso e bastante eficaz. Perfeito para quem precisa de uma boa noite de sono."

Cada um dos clientes pega um doce. De repente, sem qualquer sinal de quem começou, lágrimas passam a escorrer de seus olhos.

"Peço desculpas! Eu deveria ter dado a vocês os Biscoitos para Estabilidade Mental e Física primeiro. Mas está tudo bem. Podem chorar à vontade. O que acontece aqui fica aqui. Agora, que tipo de sonho devo preparar para vocês?"

Uma jovem sentada próxima à entrada foi a primeira a se abrir.

"Terminei com meu namorado faz alguns dias. Eu estava bem, lidando pacientemente com isso tudo, porém hoje tive uma enxaqueca repentina, e meu peito parecia queimar. Não me sinto só, mas me sinto amarga. Desde que terminei com ele, não consigo seguir em frente. Quero entender o que está dominando a minha mente, se arrependimento ou mágoa. Se eu me encontrar com ele, mesmo que em sonho, conseguirei entender?"

Então outros clientes começam a se abrir também.

"Perdi minha irmã mais velha quando eu era pequeno, e nós tínhamos uma diferença grande de idade. Ontem foi meu aniversário de vinte e cinco anos. É a mesma idade que minha irmã tinha quando faleceu. Percebo quão jovem ela era quando partiu, e isso é muito doloroso. Eu adoraria revê-la em meus sonhos e simplesmente conversar. Será que ela está bem?"

"O concurso está chegando, e ainda não faço ideia do que preparar. Todos os outros parecem ter ideias brilhantes, mas eu me sinto um tolo. Estou envelhecendo, e as habilidades que domino são bem limitadas. Ainda assim, não consigo desistir do meu sonho e do que quero fazer."

"Fiz setenta anos no mês passado. Tive uma vida longa e plena. Hoje, enquanto arrumava minhas coisas para me mudar para a casa nova, encontrei algumas fotos dos meus tempos de estudante e do meu casamento. As memórias daquele tempo me atormentaram o dia inteiro. Então, ao me deitar na cama, a tristeza se apossou de mim. E mais uma vez o tempo, dos anos que passaram voando, pareceu tão cruel."

Todos os clientes levam um bom tempo para contar suas histórias, e DallerGut anota tudo em detalhes em um caderno.

"Bom, agradeço a todos vocês. Seus pedidos de encomenda estão todos devidamente preenchidos. Vamos começar a trabalhar no preparo dos seus sonhos."

Os clientes se levantam das cadeiras à medida que terminam de comer os Biscoitos para Estabilidade Mental e Física oferecidos por DallerGut. Até que a última senhora a se levantar pergunta: "Qual a previsão para recebermos os nossos sonhos?".

"Deixe-me conferir aqui. Para alguns de vocês, eu consigo entregar imediatamente. Contudo, pode ser que os demais precisem esperar um tempo."

"Quanto tempo precisamos esperar?"
"É difícil dar uma resposta definitiva agora, mas há uma coisa que todos vocês precisam fazer para receberem adequadamente os seus sonhos feitos sob encomenda."
"O que é?"
"Vocês precisam tentar dormir profundamente todas as noites. Só isso."

Os clientes inesperados enfim deixam a loja. Penny se prepara para sair e, ao seu lado, na recepção, DallerGut organiza todas as anotações que fez.
"A propósito, vocês costumam receber esse tipo de encomenda com frequência?", pergunta Penny.
"Não com muita frequência, mas acontece, sim. É muito mais gratificante do que vender sonhos prontos. Você, assim como eu, vai entender quando administrar uma loja por muito tempo. Agora, vá embora logo."
"Sim!"
As balanças de pálpebras na recepção estão em constante movimento.
"Oh, Penny! Espere um instante!", DallerGut grita para Penny, que está prestes a sair.
"Pois não?"
"Eu me esqueci de dar as boas-vindas oficiais a você. Parabéns! Estamos felizes por tê-la trabalhando conosco. Espero que esteja gostando deste lugar."

2. DIRETRIZES PARA ENCONTROS NOTURNOS

Penny tem feito algum progresso durante seu primeiro mês de trabalho na Grande Loja de Sonhos DallerGut. O avanço mais significativo é que ela agora conhece todos os detalhes minuciosos das balanças de pálpebras dos clientes regulares. Em especial, a balança número 898, de um desses clientes, está constantemente lutando para manter as pálpebras pesadas erguidas, e isso acontece com tanta frequência que Penny desconfia de que algo esteja errado com o aparelho.

"Sra. Weather, essa balança só pode estar quebrada. Faz uns dias que a tenho observado de perto e, neste momento, nem é noite no fuso horário desse cliente, mas pelas pálpebras é como se tivesse cochilado das oito da manhã às cinco da tarde. Veja! Está se movendo agora mesmo!"

As pálpebras da balança estão se movendo lentamente para cima e para baixo, e então se fecham de repente.

"Esta balança está funcionando muito bem. Ela é de uma estudante do ensino médio que muito provavelmente deve estar cochilando na aula. Deixe para lá! Não há muito o que fazer quando se está com sono durante a aula, não é?"

A essa altura, Penny também se sente mais à vontade para orientar os clientes aos pisos que vendem os sonhos que eles procuram, além de dar conselhos sobre as novidades tão aguardadas. Mas uma das tarefas essenciais da recepção é a contabilidade, que basicamente envolve organizar os pagamentos dos sonhos, um trabalho bastante difícil de dominar. Acima de tudo, lidar com o Sistema de Pagamento dos Sonhos tem sido o maior desafio. E como DallerGut também era um zero à esquerda nesse assunto, até o momento cabia apenas à sra. Weather a responsabilidade de gerenciar todos os pagamentos.

"Metade dos pagamentos que recebemos vem a partir da emoção que os clientes sentem depois de sonhar com o nosso sonho. Assim, os clientes que são naturalmente mais emotivos costumam pagar mais. Por isso é importante cuidarmos bem dos nossos clientes regulares. Eles, em sua maioria, são pessoas sensíveis."

"Como é possível eles pagarem com emoção, como se fosse dinheiro?"

"É para isso que serve o Sistema de Pagamento dos Sonhos! É meio como a tecnologia IoT, sabe? A Internet das Coisas? Esse sistema conecta os clientes ao nosso cofre. Quando os clientes pagam pelo custo de um sonho, o dinheiro vem para o cofre, e podemos ler esses dados pelos nossos computadores... Penny? Você está cochilando? Por favor, ao menos finja que está me acompanhando", suplica a sra. Weather.

"Ah, me desculpe... É que... não consigo mesmo visualizar na minha cabeça..."

"Não tem jeito mesmo. Acho que vou continuar cuidando disso por enquanto."

A sra. Weather chega cedo ao trabalho todas as manhãs, e sua primeira tarefa diária é retirar os pagamentos dos sonhos do cofre e depositá-los no banco do outro lado da rua, por segurança. Nesses momentos, enquanto ela está fora, Penny a substitui, o que a mantém alerta e ocupada na recepção.

Esta manhã, mais uma vez, Penny fica de olho na loja como uma suricata, vigiando tudo até que a sra. Weather volte de seus afazeres matinais. A gerente acabou de ir em direção ao depósito da loja, mas já está voltando.

"Você já terminou?", pergunta Penny.

A sra. Weather está suando em bicas e arfando, curvada com a mão no estômago.

"Acho que tinha algo estragado na omelete que comi hoje de manhã. D-deixe-me ir... ao banheiro por um instante... Na verdade, pode levar um tempo. Você pode ir ao banco para mim? Leve esta chave para o depósito e abra o cofre com ela. Lá dentro, verá duas garrafas de vidro cheias. Leve-as até o balcão do banco, e lá eles cuidarão disso. Basta dizer que você é da Grande Loja de Sonhos. P-por favor, r-rápido... Você pode acabar presa no horário de pico se atrasar."

Ela entrega uma pequena chave a Penny antes de sair correndo para o banheiro.

Penny não tem tempo para entrar em pânico, apenas rabisca depressa o aviso "FUI AO BANCO. VOLTO LOGO. – PENNY" em um pedaço de papel e o afixa em um local visível na recepção.

Para não se esquecer do que fazer, murmura constantemente para si mesma enquanto se dirige ao depósito o mais rápido que consegue: "O cofre, duas garrafas de vidro cheias, o balcão do banco, sou da Grande Loja de Sonhos".

Dentro do depósito da loja, organizado com cuidado, Penny para em frente ao cofre. Ele é muito maior do que ela pensava, e é até difícil encontrar o buraco da fechadura. Assim que o localiza, à altura de seus pés, Penny insere e gira a chave, até ouvir a porta destrancar. Ela puxa a porta do cofre, tão grande quanto a porta de entrada da loja, e um grande cômodo se revela, profundo como uma caverna.

O cofre parece uma despensa enorme de especiarias no porão de uma casa muito rica. Há inúmeras fileiras de frascos de vidro dentro de cada compartimento personalizado contendo líquidos de cores diversas. Há um turquesa misterioso, um marfim brilhante e um vermelho escuro como sangue. Penny acha assustadora aquela camada superficial de vermelho-sangue depositada no frasco.

Os sons constantes de gotejamento ecoam por toda a área do depósito: ping, ping. Penny sabe que esses líquidos coloridos são os pagamentos de sonhos dos clientes, mas é uma maravilha vê--los pessoalmente.

Não foi difícil encontrar as duas garrafas de que a sra. Weather havia falado. Alguém deve tê-las retirado de suas caixas e as colocado ali na noite passada. Os rótulos dizem Palpitação, e o líquido dentro delas é rosa-clarinho, como algodão-doce. Penny gostaria de ter um tempinho para olhar outras garrafas, mas precisa se ater ao que a sra. Weather disse sobre ir depressa ao banco. Ela pega as duas garrafas depressa e tranca o cofre.

Penny as aperta debaixo do braço e segue em direção ao banco, do outro lado da rua. Elas são um pouco pesadas e escorregadias, o que a faz suar no caminho. Penny tem certeza de que deve haver uma forma mais fácil de transportá-las, mas a sra. Weather deve ter esquecido de explicar.

Ao cruzar a porta do banco, a brisa fresca do ar-condicionado a atinge. Não há muitas pessoas ali esperando. Aliviada, pega uma senha e sente orgulho de si mesma por ter realizado suas tarefas até aquele momento com certa facilidade.

"Penny é capaz de qualquer coisa! E a melhor parte: posso fazer tudo direito e sozinha." Ela se senta, segurando as garrafas de vidro com o líquido rosa-claro. Há sete pessoas esperando na sua frente. Penny acredita que não vai demorar muito até ser atendida, mas os clientes que vão aos caixas parecem estar realizando tarefas complicadíssimas, o que está atrasando todo o processo.

Entediada, ela coloca as garrafas no chão com cuidado e pega uma revista da estante na sala de espera. O título na capa diz: *Neurociência dos Sonhos* – Edição de maio. Que coisa mais sem graça. Penny abre em uma página aleatória e passa os olhos rapidamente.

Artigo do mês: "Estudo sobre pagamentos em sonhos e suas respectivas emoções"

O estudo do dr. Reeno sobre pagamentos em sonhos e suas respectivas emoções foi selecionado como o artigo do mês. Vários artigos foram publicados nesse ínterim, mas o trabalho do dr. Reeno se destaca por sua pesquisa aprofundada.

"O ponto-chave é que os clientes sabem que são 'seres inconscientes'. Eles têm uma compreensão objetiva de si mesmos. Compreendem inclusive que todas as suas 'lembranças' não são a realidade de fato, mas informações processadas pelo cérebro.

No final, o fato de saberem que todas as suas experiências serão esquecidas eventualmente torna cada minuto uma ocasião única na vida. E é por isso que as emoções que os clientes sentem ao sonhar, e seus respectivos preços de sonho, têm um poder especial."

O trecho citado foi a resposta do dr. Reeno ao nosso pedido para que ele resumisse a mensagem central de sua tese, que tem mais de duzentas páginas. Algumas críticas ao seu artigo afirmam que ele apenas deu continuidade aos seus estudos anteriores e que não traz muita novidade. Contudo, o consenso na academia parece ser de que o árduo trabalho do dr. Reeno merece reconhecimento, por sua pesquisa consistente e atenta de quase três mil casos na última década. (A versão completa deste artigo está disponível no site oficial da Neurociência dos Sonhos.)

A ideia de uma tese com mais de duzentas páginas atordoa Penny. Ela fecha a revista sem hesitar. Ainda há cinco pessoas na sua frente.

Neste momento, um homem de terno bem alinhado se senta ao lado dela e começa uma conversa.

"Que cor mais cativante você tem aí. Faz meu coração palpitar só de olhar. Parece de altíssima qualidade. Diria que vale pelo menos duzentos gordons, certo? De onde você é? Nunca a vi por aqui antes."

"Trabalho na Grande Loja de Sonhos, do outro lado da rua. Sou nova aqui, então esta deve ser mesmo a primeira vez que você me vê", responde Penny, pressupondo que o homem seja um funcionário do banco.

"Qual é o seu número na fila? Parece que ainda falta um tempo até a sua vez. Enquanto isso, posso mostrar uma coisa superinteressante que tem por aqui?"

Penny tenta recusar a oferta, apontando para as garrafas pesadas que a impedem de se afastar da cadeira, mas o homem casualmente pega uma delas e diz: "Eu te ajudo".

Ele então a guia para o lado oposto dos caixas do banco. Antes que perceba, ela já está seguindo o homem com a outra garrafa sob o braço. Eles então chegam a um lugar com um enorme painel eletrônico de informações e cerca de cem cadeiras enfileiradas. Era como se alguém tivesse replicado a sala de espera de uma estação de trem naquele espaço.

As pessoas ali sentadas olham nervosas para o enorme painel eletrônico que desce do teto. O painel mostra os preços de mercado de diversos tipos de emoções em tempo real, como produtos no mercado de ações.

Em vermelho-escuro, ocupando a dianteira, estão Realização e Confiança, que alcançaram novos picos nos preços ao subir quinze por cento. Logo abaixo, é possível ver os preços de Futilidade e Letargia despencando. As pessoas sentadas mais perto do painel de exibição estão suspirando profundamente ou segurando as mãos em gesto de oração, desesperadas.

"Um combo de hambúrguer está custando um gordon, e uma garrafa de Realização está custando o quê, duzentos gordons? É ridículo pensar que alguém pagaria tanto pelo senso de realização de outra pessoa e ficaria satisfeito com isso! Se tivesse guardado no ano passado, já teria me aposentado há muito tempo!", alguém lamenta.

Na linha de cima, há o preço de Palpitação. Está sendo negociada agora a cento e oitenta gordons por garrafa. Penny percebe que estaria em apuros se perdesse as duas garrafas. Ela então segura a garrafa com força, olha para o homem e...

... descobre que ele sumiu, levando a outra garrafa de Palpitação. Ela foi enganada! Penny sente um arrepio percorrer a espinha.

Será que é um golpista? Ele deve rondar por aí todas as manhãs em busca de uma vítima ingênua e desatenta para roubar, e hoje acabou encontrando Penny, que se encaixa exatamente nessa descrição. Por que ela foi dizer que era nova ali? Ela foi tão ingênua que acabou se tornando a vítima perfeita. Penny procurou por todos os cantos, mas o homem não estava em lugar nenhum. Agora ela se sente muito cansada e não consegue dar mais nenhum passo carregando a garrafa pesada.

Penny decide pelo menos depositar a garrafa que sobrou, mas sua vez já havia passado. Para piorar, perdeu sua senha. Ela não podia deixar a recepção vazia por mais tempo, então decide voltar para a loja.

A sra. Weather já está de volta na recepção. Ao contrário de Penny, ela parece bem e animada, como se a sua situação no banheiro tivesse se resolvido em um piscar de olhos.

"Sra. Weather..."

"O que houve, Penny? Espere um pouco... Por que você trouxe isso de volta?"

Penny explica tudo. Agora que verbaliza o que aconteceu, ela se sente a pessoa mais burra do mundo.

"É um golpe! Palpitação é raríssima nos dias de hoje. A culpa é toda minha, não deveria ter passado essa tarefa a você, não da maneira que fiz. Vou contar para DallerGut, mas não se preocupe. Talvez ainda possamos pegá-lo se chamarmos a polícia. Esse homem também tentou me enganar algumas vezes."

"Então você deveria ter chutado a canela dele na época, Weather", disse DallerGut, aparecendo do nada. "Está dizendo então que roubaram de você uma garrafa de pagamento dos sonhos e que não conseguiu depositar a outra? O preço da garrafa de Palpitação atingiu seu pico mais alto hoje, pela primeira vez em três meses..."

"Sinto muito, sr. DallerGut", lamentou Penny, bastante culpada e sem conseguir olhar para ele.

"De certa forma, foi melhor assim! Eu precisava mesmo de uma garrafa de Palpitação. Já estava pensando em passar na recepção para dizer à Weather para não ir ao banco, mas me esqueci. E eis que você a trouxe de volta para mim! As coisas estão indo muito bem hoje. Quanto à garrafa perdida, vamos considerar como o preço que você pagou por aprender que o mundo é um lugar assustador."

Penny se sente ainda mais culpada com a fala generosa de DallerGut.

"Peço mil desculpas, de verdade. Onde você quer que eu coloque a Palpitação?"

"Isto? Por alguma razão, sinto que uma cliente específica nos visitará hoje e precisará dessa Palpitação."

A mulher é uma cliente regular da Grande Loja de Sonhos desde que era criança. Ela costumava pensar que sonhava muito por ser mulher, mas nunca lhe ocorreu que tinha uma loja predileta e que a visitava todas as noites. Curiosamente, na manhã seguinte, tudo sobre a noite anterior na loja era esquecido por completo.

A mulher nasceu no subúrbio, onde cresceu e terminou a faculdade. Depois foi em busca de emprego na região metropolitana e, naturalmente, foi morar sozinha para ficar perto dos escritórios. Por sinal, ela é uma típica funcionária de escritório, que trabalha das nove às seis. Conseguiu o atual emprego logo depois de se formar e, embora tenha sido difícil no início, rapidamente se familiarizou com o trabalho, em comparação com o seu primeiro emprego. Agora, aos vinte e oito anos, ela completa quatro anos de empresa. Em suma, sua vida tem sido bem tranquila.

"Não existe ninguém. Absolutamente ninguém."

"Sério? Mas é uma empresa com tantos homens."

"Todos são casados ou comprometidos, ou não são o meu tipo, ou eu não sou o tipo deles."

"Não é possível! Você investigou cada um deles para saber tudo isso? Ou talvez você não esteja interessada em namorar, simples assim."

"Para ser bem honesta, não sei nem por onde começar. Como fazer para namorar com um funcionário de escritório?"

"Você já está interessada em alguém, não é? Eu sabia!"

"Na verdade..."

Após falar com uma amiga por telefone, a mulher se joga em sua cama queen size, que parecia especialmente grande naquela noite. Isso a incomoda.

"Ah, me sinto tão sozinha."

No ponto a que ela chegou, virou rotina verbalizar o quanto se sente sozinha estando, de fato, sozinha em seu quarto. Sua voz ecoa timidamente pelas paredes. Já é meia-noite. Ela fez hora extra no trabalho antes de voltar direto para casa, onde tomou banho, jogou o lixo reciclável fora, jantou, lavou a louça e falou um pouco por telefone com a amiga. Se repetir o que fez ontem – assistir a uns vídeos no YouTube e depois ler um episódio de Webtoon –, ficará acordada por duas noites seguidas. Chega de pensar em solidão. Ela precisa dormir e descansar hoje para ir ao trabalho amanhã.

"Por quanto tempo mais terei que viver assim?" A luta para afastar essa pergunta de sua mente é constante. É estritamente proibido ficar pensando em questões profundas antes de dormir. Por experiência própria, ela sabe que isso só atrapalha o sono.

A mulher puxa o cobertor até o pescoço. Ela ajusta o alarme em seu smartphone enquanto checa a previsão do tempo para o dia seguinte. Qualidade do ar: péssima (poeira fina); tempo: nublado. Todos os ícones de notificação são cinza.

"Nunca pensei que a vida aos meus vinte e poucos anos seria tão sombria... Não há nada alegre, nada."

Bem, isso não é de todo verdade. Ela pensa no homem que mencionou para a amiga durante a ligação. Ele, que trabalha em uma empresa fornecedora, vai ao escritório todas as quartas-feiras e, depois de cumprir suas tarefas da manhã, sempre almoça em uma mesa individual em um restaurante que ela frequenta.

"Alô? Bom dia. Sou Jong-seok Hyun, da Tech Industries. Você pode falar agora?"

"Bom dia. Sou Ah-young Jeong. Posso falar, sim. Em que posso ajudar?"

"Não é nada de mais, mas estou planejando ir às dez horas na quarta-feira desta semana. Esse horário funciona para você?"

Os dois já fizeram algumas chamadas de trabalho antes e até já se cumprimentaram pessoalmente, mas isso é tudo. No entanto, o compromisso dele de ligar para ela toda segunda-feira no mesmo horário para confirmar sua disponibilidade, a postura ereta ao cumprimentá-la quando estão frente a frente e sua calma e maturidade (é claro, isso pode ser um ponto de vista bem subjetivo) para lidar com uma agenda de trabalho por vezes frustrante e desagradável... tudo isso chamou a sua atenção.

Além do mais, ele começou a aparecer nos sonhos dela nas últimas noites. Só que, nos sonhos, ele parecia mais alto e ainda mais bonito do que na vida real.

Refletindo sobre o seu passado amoroso, a mulher se pergunta se alguma vez já desenvolveu um relacionamento sério a partir de uma "paixonite". No ensino médio, talvez? Ou no primeiro ano da faculdade? Espere aí! Amanhã é quarta-feira? De repente, ela começa a sentir frio na barriga. Eles se verão amanhã.

A mulher se enrola no cobertor, virando-se para a parede. Ela sinceramente espera que o homem nunca descubra isso a seu respeito. Que ela se revira na cama e fica feliz ao pensar nele. Ele se sentiria bastante desconfortável se soubesse disso! Além de estar sendo observado no trabalho, também fazia parte das fantasias de sono de uma desconhecida. Talvez ele já fosse casado ou tivesse alguém.

O coração palpitante da mulher é igual ao de uma adolescente, mas ela está em uma idade em que preocupações e responsabilidades vêm antes de qualquer aventura romântica.

Opa! Está pensando demais de novo. Ela realmente precisa dormir.

Enquanto tenta pegar no sono, ela reza em silêncio.

"Por mais que seja um amor não correspondido, está tudo bem por mim, contanto que esse sentimento dure por mais tempo."

"Sra. Weather, acho que a cliente número 201 vai chegar em breve."

"Ah, é mesmo", responde a gerente, depois de dar uma olhada na balança de pálpebras.

"Que alívio. Ela costuma vir todos os dias, mas não passou por aqui ontem, então fiquei preocupada." Penny sorri ao olhar para a balança número 201. As pálpebras estão completamente fechadas, e a balança indica "Sono REM".

No momento em que Penny termina de falar, a cliente número 201 abre a porta da entrada. Penny e a sra. Weather a cumprimentam com alegria.

"Seja bem-vinda!"

"Olá! Vim buscar o mesmo sonho. Tenho gostado muito dele."

"Claro. O terceiro piso está bem lotado agora, então eu pego para você. Por favor, espere aqui um minuto."

Penny corre para o terceiro piso. Mogberry, a gerente, está organizando as caixas de sonhos recém-chegadas com outros funcionários. Seu cabelo encaracolado está arrepiado em todas as

direções, como sempre. Penny se esgueira por montanhas de caixas para chegar à seção de "Mais vendidos".
As caixas dos sonhos mais populares estão empilhadas na mesa de exposição. Estavam cuidadosamente organizadas pela manhã, mas estão muito bagunçadas depois que os clientes passaram por ali.
Penny revira as caixas para encontrar o sonho que a mulher está procurando. Depois de pegar um Sonho de Voar das fadas Leprechaun pela quinta vez, ela finalmente encontra a caixa com estampa de corações. Há uma fita com o nome do produtor, Keith Gruer, um veterano dos sonhos românticos. Segundo Assam, uma fonte sempre bem-informada, Gruer tem tanto azar no amor que já passou por mais de cem términos. Ele raspa a cabeça toda vez que termina um relacionamento, e ninguém nunca o viu com os cabelos longos. Contudo, uma teoria bem estabelecida na indústria dos sonhos é a de que a qualidade dos sonhos de Gruer melhora a cada desilusão amorosa que ele vive.
"É este aqui, certo?", pergunta Penny depois de correr de volta para o primeiro piso e entregar a caixa à cliente. A caixa está etiquetada como Sonho de Encontro com a Pessoa de que Você Gosta.
"Sim, é este."
"Aqui está. Muito obrigada."
"Posso deixar para pagar depois desta vez também?" A mulher pega a caixa e dirige a pergunta à sra. Weather.
"Sim. Como sempre, tudo o que você precisa fazer é compartilhar um pouco de seus sentimentos depois que acordar do sonho."
"Isso significa que, se não sentir nada depois do sonho, você não será cobrada por ele!" Penny não se esquece de pôr em prática o que aprendeu com a sra. Weather.
A mulher sai calada da loja com a caixa de sonho em suas mãos. Seus passos parecem leves e saltitantes, mas Penny se sente desconfortável, por algum motivo que desconhece, ao vê-la de costas indo embora.

Depois disso, a loja fica silenciosa. Penny varre o chão lentamente, perdida em pensamentos. Desde a visita da cliente número

201, sente que algo a está incomodando, mas não consegue identificar o que é. Ela continua a varrer o chão distraída, até que chega ao escritório de DallerGut, perto da escada. Só então ela percebe o que a incomoda.

"Oh, me desculpe. Derrubei migalhas demais de biscoito, não foi?" A porta do escritório se escancara, e DallerGut sai arrastando os pés.

"Imagine, sr. DallerGut. Eu estava apenas aproveitando meu tempo livre para dar uma limpada. Mas, escute..."

"O que houve?"

"Para falar a verdade, tenho uma pergunta sobre a cliente número 201."

"Ah, a cliente número 201. Ela é uma cliente regular de longa data."

"Acha que é uma boa ideia continuar vendendo para ela o Sonho de Encontro com a Pessoa de que Você Gosta?"

"Você acha que há um problema?", pergunta DallerGut, genuinamente interessado no questionamento de Penny.

"Bom, acho que sonhar com a pessoa por quem você está apaixonado só é bom nas primeiras vezes. Quando esses sonhos se repetem, os sentimentos só crescem e podem levar a mais desilusões amorosas. Se ela continua sonhando o mesmo sonho..." Penny faz uma pausa, perdida em seus pensamentos. "Isso mesmo! Se ela continua sonhando o mesmo sonho, significa que ela provavelmente não teve nenhum progresso na vida real, certo?" Penny finalmente percebe o que a incomodava desde que viu a cliente sair de loja.

"Penny, você sabe o que nossos clientes de fora pensam sobre sonhos em geral, incluindo a cliente número 201?"

"Claro! Eu estudei sobre isso. É o subconsciente. Eles acham que os sonhos são manifestações do seu subconsciente."

"Sim, isso mesmo."

"E daí? O que tem a ver?" Penny não entende para onde o fluxo da conversa está indo. Ela não quer ser considerada uma funcionária que entende pouco das coisas, mas a sua curiosidade fala mais alto.

"Tenho certeza de que você já sabe disso, mas os clientes não lembram de nada sobre a nossa loja quando acordam dos sonhos. Portanto, a melhor explicação que eles encontram para os sonhos que tiveram na noite anterior é o seu próprio subconsciente. O que você faria se fosse uma cliente?"

"Se a pessoa por quem estou interessada aparecesse nos meus sonhos, eu pensaria que meus sentimentos cresceram a ponto de até mesmo meu subconsciente estar viciado nessa pessoa", diz Penny, um pouco insegura. "É claro que, com o passar do tempo, você terá certeza de que está apaixonado por essa pessoa. Mas veja bem: esse é o ponto. Isso não é suficiente para começar um relacionamento romântico. Sonhos são apenas sonhos..." Penny pensa na empolgação da mulher ao comprar o sonho, e seu coração se compadece dela.

Ainda assim, DallerGut parece maravilhado com o que está ouvindo.

"O amor começa quando você reconhece seus sentimentos. Se vai terminar em um amor correspondido ou não, nosso trabalho só vai até aqui."

"Só espero que não termine em um amor não correspondido. É muito doloroso."

"Como você mesma disse, sonhos são apenas sonhos, certo? Vamos ter fé e torcer por ela na vida real."

A mulher acordou cinco minutos mais cedo que o habitual. O alarme não havia tocado, mas seus olhos se abriram naturalmente. Ela tem uma vaga lembrança de ter sonhado com uma loja, mas, quanto mais tenta lembrar, mais isso escapa de sua mente como grãos de areia correndo entre os dedos. Até que ela, enfim, não se lembra de mais nada. Tudo o que consegue recordar é que o homem estava em seu sonho mais uma vez. No sonho, ela estava com ele em seu restaurante favorito. Sentada perto dele. O homem ocupava seu assento habitual, e eles estavam tendo uma longa conversa. Parecia que tinham o hábito de se encontrar lá todos os dias, e a conversa era reconfortante, como se estivessem juntos havia muito tempo.

Com a sensação do sonho ainda pairando, ela levanta da cama e se dirige ao banheiro para tomar uma ducha. Seu coração está muito agitado, palpitando. Mas ela volta à razão assim que o chuveiro começa a espirrar água fria em sua pele.

"O que tem de errado comigo? Qual é o sentido de levar a vida sozinha?"

Pouco antes de o sentimento de palpitação da mulher desaparecer, um alarme tocou no saguão de entrada do primeiro piso da Grande Loja de Sonhos DallerGut.

Ding-Dong!
Cliente número 201 realizou o pagamento.
Uma pequena quantia de Palpitação foi paga por Sonho de Encontro com a Pessoa de que Você Gosta.

"Este sistema está conectado àqueles frascos do cofre, certo?"
"Isso mesmo. Até que enfim você está entendendo! O mundo evoluiu para melhor. No passado, derramávamos muito mais do que recebíamos quando tentávamos transferir os pagamentos para os frascos manualmente. Levávamos o dia inteiro correndo por aí com uma balança tentando pesar o valor dos sonhos assim que eles chegavam."

"Aliás, o que você acha que DallerGut fará com a garrafa de Palpitação que sobrou?"

Penny está preocupada com a garrafa que não conseguiu depositar no banco outro dia. Ela ainda está na recepção.

"Se DallerGut tem algo em mente, com certeza será para um bom uso", assegura a sra. Weather.

No trabalho, a mulher sente dificuldade de se concentrar em suas tarefas e se livrar de todos os pensamentos triviais. Quanto mais pensa sobre as razões pelas quais continua sonhando com aquele homem todas as noites, mais perto ela fica de chegar a uma conclusão difícil de aceitar.

"Será que tenho sentimentos por ele?"

Nesse exato momento, ela ouve o chefe dizer na cabine ao lado: "Ah-young, não é hoje que Jong-seok Hyun virá para uma reunião?"

Eram 9h55. Em geral, ele chega com exatos dez minutos de antecedência para a reunião. Se for se atrasar, dá uma ligada. A mulher acha estranho. Naquele mesmo instante, o telefone em sua mesa toca.

"Alô. Aqui é Ah-young Jeong, do departamento de suporte técnico."

"Bom dia! Aqui é Jong-seok Hyun, da Tech Industries." A voz dele soa ofegante, como se estivesse correndo.

"Desculpe, mas acabei deixando os materiais da reunião no meu carro. Devo estar aí até as dez."

"Ah, sim. Tudo bem." E, pensando que sua resposta tinha soado muito fria, ela logo acrescenta: "Vou avisar meu gerente. Por favor, venha sem pressa".

"Obrigado!"

Após desligar, ela fica mexendo no fio do telefone por um tempo. Ouvir a voz dele, que hoje estava um pouco acelerada e diferente do usual, fez seu coração palpitar novamente.

"Chega! Concentre-se no trabalho, no trabalho." Ela tenta se manter firme.

Dez horas em ponto. A porta do escritório se abre e ele entra. A mulher finge ignorar sua chegada, mas o observa de canto de olho. Ela lhe disse para não ter pressa, mas as bochechas dele estavam vermelhas, provavelmente porque tinha corrido até ali.

O homem olha de um lado para o outro, como se estivesse procurando alguém. Então seus olhos se encontram com os dela, pegando-a desprevenida.

Antes que a mulher conseguisse desviar o olhar, ele abre um sorriso radiante e assente suavemente na direção dela, revelando covinhas profundas em cada bochecha.

"Ele tem até covinhas? Não é justo!"

A mulher não tem como negar que está mesmo apaixonada.

O homem acordou de mau humor. Sua ex-namorada apareceu em seu sonho, e isso o fez acordar se sentindo desconfortável. Eles não estão mais juntos há tanto tempo que ele nem sequer se lembra do motivo do término, e essa aparição no sonho não desencadeou nenhum arrependimento ou saudade nele. Mas o fato de ela ainda aparecer em seus sonhos é bastante desconfortável. E isso vem acontecendo com cada vez mais frequência ultimamente.

"Que subconsciente mais perturbador eu tenho."

Ainda nesta manhã, o homem está tão perdido em seus pensamentos que comete o erro de esquecer de pegar os materiais da reunião no carro.

Ele não queria chegar atrasado para aquela reunião. Está prestes a completar trinta anos. E, além de uma vida amorosa deprimente, ele não quer entrar em seus trinta anos como um incompetente também na vida profissional, a ponto de se atrasar.

O homem corre de volta para o estacionamento enquanto faz uma ligação. Alguns toques e um clique depois, a funcionária do escritório de um cliente atende.

"Alô. Aqui é Ah-young Jeong, do departamento de suporte técnico."

"Bom dia! Aqui é Jong-seok Hyun, da Tech Industries." Sua voz ofegante é transmitida diretamente para o ouvido da mulher do outro lado da linha.

Que voz mais patética é essa? Ele então eleva a voz para tentar encobrir a respiração arfante.

"Desculpe, mas acabei deixando os materiais da reunião no meu carro. Devo estar aí até as dez."

"Ah, sim. Tudo bem", ela respondeu, sucinta. Mas, quando ele está prestes a desligar o telefone, a voz da mulher torna a ecoar no aparelho: "Vou avisar meu gerente. Por favor, venha sem pressa".

"Obrigado!" A resposta atenciosa dela o deixa animado.

Naquela noite, o homem vai para a cama exausto. Ele adormece assim que encosta a cabeça no travesseiro.

"Seja bem-vindo!" Penny reconhece o cliente de imediato. Recentemente, ele tem comprado a mesma cópia do Sonho de

Encontro com uma Ex-Namorada na seção "Memórias" do segundo piso. "Vai levar o mesmo sonho hoje?"

"Sim, por favor", ele responde, inexpressivo.

Antes que Penny suba para o segundo piso, DallerGut intervém: "Senhor, acho que você não precisa mais desse sonho".

"Como é?"

"Já faz uns dois anos, então talvez você não se lembre, mas você pediu que eu recomendasse sonhos em que sua ex-namorada aparecesse."

"Eu fiz isso...? Se faz uns dois anos... deve ter sido logo depois que terminamos."

"Isso mesmo. E me diga uma coisa: naquela época, depois de sonhar, você costumava acordar chorando, não é?"

"Sim, tive uma fase exatamente assim. Mas logo depois fiquei bem e não sonhei mais com ela por um bom tempo."

O homem tenta continuar respondendo, mas de repente fica com uma expressão de dúvida, como se algo estivesse estranho.

"Mas por que estou sonhando com ela de novo agora?"

"Você me pediu isso. Disse que queria começar um novo relacionamento e precisava ter certeza de que tinha superado sua ex-namorada. Por isso eu sugeri o Sonho de Encontro com uma Ex-Namorada."

"Entendi."

"E você parou de pagar pelos seus sonhos. Isso significa que não tem mais sentimentos pela sua ex-namorada, nem mesmo nos sonhos."

"Isso também significa que esses sonhos têm sido em vão", acrescenta a sra. Weather.

"Entendeu? Receio que não possamos mais vender esse sonho para você. De todo modo, você não terá sentimentos para nos pagar."

Ao ouvir as palavras de DallerGut, o homem responde timidamente: "Então acho que vou embora".

"Posso lhe oferecer uma bebida reconfortante antes de ir? A noite é tão longa, não é? Por que tanta pressa?" DallerGut conduz o homem de forma amigável. Ele pega a garrafa de Palpitação no balcão e tira a rolha. Uma fumaça rosada sobe pela abertura.

DallerGut enche uma xícara de chá com o líquido e a entrega ao homem.

"Vá em frente. Beba tudinho."

O homem termina a bebida e deixa a loja muito mais animado do que quando entrou. Ele logo desaparece.

"Sr. DallerGut, por que você deu de graça essa dose cara de Palpitação?", pergunta Penny, achando que aquilo era um desperdício.

"Você mesma disse que um amor não correspondido é muito doloroso."

Penny fica boquiaberta de surpresa.

"Então esse cliente é a pessoa especial da cliente número 201?"

DallerGut assente rápida e firmemente, confuso por ela ter feito uma pergunta tão óbvia.

"Como é que você sabia disso?"

"Quando se administra uma loja por mais de três décadas, você simplesmente sabe."

No dia seguinte, o homem acorda se sentindo mais revigorado do que nunca. Seu coração bate cheio de empolgação. Algo lhe diz que hoje é um dia especialmente bom para começar uma coisa nova. Ele conecta o celular ao carregador e segue cantarolando para o banheiro.

O som da água respingando do chuveiro misturado com a cantoria dele vai preenchendo toda a casa, até que a notificação de mensagem de texto soa em seu celular. Ele só consegue ver a parte inicial da mensagem na tela de bloqueio.

– Nova mensagem –
"Olá! Aqui é Ah-young Jeong. Será que você se lembra de mim…?"

"E então, como você conheceu seu namorado?"

"Eu já estava apaixonada por ele, então tomei a iniciativa e o convidei para sair."

"Sério? Mas você nunca foi esse tipo de pessoa."

"Eu sei disso. Só que as coisas mudam quando você tem pressa."

"Você não teve medo de ser rejeitada?"

"Na realidade, eu estava com mais medo de ele me achar estranha. Ele era como um colega de trabalho."

"Uau! Sério? Você devia gostar muito dele."

"Deixa eu contar: assim que mandei a mensagem, desliguei o celular imediatamente, com medo de que ele nunca fosse me responder. Acho que esperei umas duas horas antes de ligar o celular de novo. Ele até me deu uma bronca depois, por ter sumido logo que o chamei para sair."

"E agora, olhando para trás, você acha que fez a escolha certa ao dar o primeiro passo?"

"Sim! Dá para contar nos dedos de uma mão todas as coisas que eu fiz bem desde que nasci. Não... Acho que essa está entre as três primeiras."

3. SONHOS PREMONITÓRIOS

É uma manhã ensolarada de julho. Faz três meses que Penny começou a trabalhar na Grande Loja de Sonhos. As ruas estão cheias de comerciantes abrindo suas lojas para começar o dia. Os Noctilucas correm para cá e para lá coletando os roupões alugados que as pessoas jogaram por toda parte. Penny está a caminho do trabalho, saboreando um café com leite de soja que comprou na cafeteria. Quando se vê em frente à loja, ela percebe que chegou muito mais cedo do que o habitual.

Devido à natureza do estabelecimento, que funciona vinte e quatro horas por dia, sete dias por semana, os turnos dos funcionários são cuidadosamente organizados. Logo, não há por que chegar cedo. Penny decide então aproveitar um pouco mais do sol. Ela olha para o edifício de cinco pisos revestido de madeira que se ergue no centro da cidade. Grande Loja de Sonhos. O prédio é mesmo uma maravilha de se contemplar quando não se está trabalhando. Mas o descanso de Penny não dura muito.

"Ei, Penny! Que bom que você chegou cedo. Venha aqui nos ajudar com isso!" A porta de entrada se abre repentinamente, e Vigo Myers, o gerente do segundo piso, está gritando com Penny. Ele segura um pêssego meio amassado em uma mão e se abana com a outra, como se estivesse morrendo de calor.

"Ah... Si-sim!", responde Penny, sem pestanejar, enquanto entra na loja. Toda a loja cheira a frutas cítricas. Pêssegos, damascos, uvas verdes grandes e outras frutas são pendurados como decoração por todo o saguão no primeiro piso. Se não fosse pelos rostos familiares, Penny poderia facilmente dizer que entrou em algum pomar aleatório.

Além de Vigo Myers, outros funcionários de cada andar foram designados para pendurar frutas e folhas e limpar os restos pelo chão. Entre eles, há algumas presenças totalmente inesperadas.

"Motail, você poderia, por favor, dizer às fadas Leprechaun que voltem para a loja delas? Por que raios elas estão aqui?", grita Mogberry, gerente do terceiro piso, para Motail.

"Fui eu que pedi para elas virem, sra. Mogberry. Pensei comigo: 'Por que tenho que ficar subindo e descendo a escada se tenho amigas voadoras logo ao lado?'. E elas toparam na hora. Olhe para elas: estão dando duro ali!" Motail aponta para cima.

No teto do saguão, em duplas, as fadas Leprechaun lutam para pendurar uvas verdes tão grandes quanto seus corpos. Umas cinco uvas já caíram perto de Penny. E até mesmo na cabeça de um cliente que passava.

"Ai!"

"Oh, nossa! Mil perdões, senhor! Você está bem? Como pode ver, o saguão está um pouco caótico no momento. Talvez seja melhor você subir", diz a sra. Weather, pedindo desculpas em nome de todos.

"Para que tudo isso?", pergunta Penny, pegando uma das uvas verdes caídas.

"Não ficou sabendo? Teremos uma presença VIP hoje", diz Mogberry, dobrando uma caixa de frutas ao meio. Seu cabelo parece mais desarrumado do que o normal, com baby hair arrepiado para todos os lados.

"Que tipo de presença VIP é essa para decorarmos o lugar assim…?"

A pergunta de Penny é interrompida pelas ordens rigorosas de Mogberry.

"Você pode tirar isso, aquilo… ah, e aquilo ali? O que Aganap Coco pensaria se visse isso? A data de validade já expirou há muito tempo!", grita Mogberry. Ela sai de perto das caixas de frutas e começa a recolher as pilhas de caixas de sonhos espalhadas pelo saguão.

Penny arregaça as mangas para ajudar Mogberry. Seu café com leite de soja, ainda pela metade, está esfriando na recepção. Penny promete a si mesma que nunca mais ficará de bobeira na frente da loja quando chegar mais cedo para o trabalho.

"Mogberry, não jogue tudo fora! Eu fico com eles. Com um bom desconto, eles vão vender muito bem no quinto piso!"

Motail intervém sem cerimônia, mastigando sobras de uva verde. As fadas Leprechaun, vestindo regatas e adoráveis coletes de couro, voam ao redor dele, também beliscando uma única uva em seus braços.

"Poxa, Motail, por favor! Eu sei que vocês vendem sonhos com desconto, mas isso está indo longe demais. Com essa qualidade, faltando pedaços de cenas, cheiros e cores, os sonhos ficam impraticáveis. Vocês não deveriam vendê-los. DallerGut ficaria furioso se soubesse disso. Já imaginou se Aganap Coco descobrir que estamos vendendo sonhos de baixíssima qualidade na loja? Eu nem quero imaginar como ela reagiria. Nunca mais ousaria fazer negócios conosco."

"Mas os clientes nem conseguem se lembrar dos sonhos quando acordam..."

"Sim, isso mesmo!", concordam as fadas Leprechaun. Elas parecem inclinadas a comentar mais alguma coisa, mas param ao ver o olhar furioso de Mogberry.

Penny captou o nome mencionado na conversa deles.

"Você disse Aganap Coco? Ela é a presença VIP que teremos hoje?"

"Sim, pela primeira vez em muitos anos. É por isso que estamos decorando a loja ao gosto dela. Ela adora frutas doces e cítricas. Ouvi dizer que está trazendo levas e mais levas de sonhos para atender a um pedido especial de DallerGut! Mal posso esperar para vê-la! Esse com certeza é um dos benefícios de trabalhar aqui. Que outra chance teríamos de encontrar Aganap Coco pessoalmente?"

Aganap Coco está entre os cinco produtores lendários e já ganhou mais de dez vezes o Grande Prêmio no final do ano. Ela é a única diretora que cria Sonhos Premonitórios e é aclamada

pelo público há muito tempo. Como Mogberry disse, Penny só a viu em revistas e na televisão, mas não pessoalmente. Ela nunca sequer sonhou que isso pudesse acontecer.
"É isso aí, pessoal. Acho que acabamos. Quem já terminou o seu turno pode ir embora. Nossa! Não imaginei que seria tão complicado assim."
DallerGut, que aparentemente estava em seu escritório, estica o pescoço entre pilhas de caixas vazias. Está vestindo a jaqueta do uniforme de trabalho em vez de sua camisa e cardigã habituais. Ele parece muito mais magro sempre que usa roupas folgadas.
"Você estava aí esse tempo todo?", pergunta Penny, tirando as caixas que bloqueavam sua visão.
"Foi ideia minha decorar o saguão para receber Aganap Coco. Eu tinha pensado em pendurar apenas algumas frutas falsas, mas vejo que as coisas saíram do controle. Vamos, vamos, pessoal! Podem ir! Vão, agora!" DallerGut massageia a lombar com as costas da mão, como se aliviasse a tensão.
Contudo, por mais que DallerGut os liberasse para sair, ninguém se move. Na verdade, estão todos paralisados e boquiabertos. Penny olha na mesma direção que os outros. Os olhos dela se fixam em uma senhorinha que está parada na entrada da loja, acompanhada por uma comitiva.
Penny entende imediatamente por que as pessoas estão paralisadas. A aura incrível que a frágil senhora exala deixa todos sem palavras. Aquela atmosfera misteriosa e esquisita, em volta dela apenas, parecia fazer o tempo retroceder e avançar rapidamente. Todos os seus movimentos pareciam estar em câmera lenta, e antes que Penny pudesse voltar a si, Aganap Coco já está dentro da loja.
"Olá, Aganap! Como você está?", saúda DallerGut.
"Oh, meu velho amigo. É a primeira vez que o vejo desde a reunião geral no ano passado. Nossa! Adoro esse cheiro de frutas. A loja parece... em êxtase", diz Coco, maravilhada com o espetáculo das frutas penduradas por toda parte.
Com a mão suja de terra, DallerGut cumprimenta Aganap Coco. Os outros funcionários, de tão maravilhados ao vê-la, ta-

pam a boca. Até as fadas Leprechaun, que costumam voar freneticamente, parecem flutuar no ar.

Penny tem a sorte de estar perto dos dois e percebe que Coco cheira a frutas frescas. O aroma é mais rico e denso do que o das frutas que usaram na decoração. Seu rosto é uma mistura calorosa de rugas e bochechas rosadas e rechonchudas, como as de um bebê. Sua comitiva a acompanha ao entrar na loja, segurando pacotes pesados envoltos em seda de alta qualidade com ambas as mãos.

"Aqui estão, DallerGut! Como prometido. Não são grande coisa, mas sei que você cuidará bem deles. Como sempre fez."

"'Não são grande coisa'? Que bobagem! Eles são os nossos produtos mais preciosos. E agradeço por escolher a nossa loja", diz DallerGut, levantando um dos pacotes.

Penny fica tão empolgada com o que está presenciando que não consegue mais se conter. "Mogberry, estes são todos Sonhos Premonitórios? Eu pensei que eles fossem feitos sob medida e sob encomenda. Podemos tê-los prontos assim, com antecedência?"

Mas Mogberry não parece ouvir o que Penny diz, tão envolvida que está com os pacotes de seda.

"Alô, Mogberry? O que estou dizendo é que alguém precisa estar grávida primeiro para ter um sonho premonitório, certo? Como vocês sabem antecipadamente quem terá um bebê, para deixar os sonhos prontos com antecedência assim?"

Quanto mais Penny fala, mais confusa ela fica. Pensando bem, a ideia de um sonho premonitório em si parece ilógica. As pessoas costumam ter esses sonhos antes mesmo de saberem que estão grávidas. Como isso é possível?

"Tecnicamente, estes não são Sonhos Premonitórios. São sobras da produção." Fascinada, Mogberry apenas balbucia suas palavras, enquanto seus olhos seguem fixados nas pilhas de pacotes de seda.

"Sobras? Para que servem, então?"

"Você acabou de perguntar como sabemos quem terá um bebê, certo?" Mogberry estreita os olhos, como uma contadora de histórias profissional fazendo uma pausa dramática antes do clímax.

"Sim. Não faz sentido, se você pensar bem. Um sonho que é prever o futuro em que um bebê nascerá...?"
"É isso mesmo. Os Sonhos Premonitórios são sobre o futuro."
"Como?"
"Os Sonhos Premonitórios são uma espécie de sonho premonitório de concepção. Você está prevendo com antecedência que um bebê será concebido, e então encomenda um sonho de acordo."
"Sonhos premonitórios de concepção?", pergunta Penny, incrédula.
"Não tenho certeza, mas há rumores de que Aganap Coco é uma das descendentes distantes do primeiro discípulo. Sabe o discípulo que recebeu e governou o futuro em *A história do Deus do Tempo e seus três discípulos*? Você já leu esse livro, certo? De qualquer forma, ela não necessariamente tem visões proféticas claras, mas pode vislumbrar fragmentos do futuro ou sentir grandes eventos. E consegue sentir especialmente a chegada de uma nova vida com mais intensidade do que qualquer outra coisa. É assim que Aganap Coco cria esses sonhos premonitórios de concepção. Não é incrível?"
"Então quer dizer que esses aí devem ser...?" Penny aponta para os pacotes de Coco.
"Sim, podem ser os restos, mas tecnicamente ainda são Sonhos Premonitórios!"
"Inacreditável!"
Nesse instante, além de testemunhar um momento histórico, em que os descendentes do primeiro e do terceiro discípulos estão conversando, Penny está diante de pilhas e mais pilhas de Sonhos Premonitórios ao alcance de suas mãos. É como se ela tivesse sido transportada para um conto de fadas misterioso.
"São realmente Sonhos Premonitórios? Se eu pegar um, conseguirei ver meu futuro?" Penny, boquiaberta, começa a imaginar seu futuro marido desconhecido.
"Vocês já estão indo? Mas ainda é cedo", diz DallerGut a Coco com uma voz decepcionada, interrompendo os devaneios de Penny.
"Há muitos casais esperando pelos meus sonhos. Preciso ir! Nos vemos na próxima reunião geral, daqui a uns meses. De todo

modo, foi bom ver você, DallerGut! E obrigada a todos por isso. Vocês devem ter trabalhado muito para receber esta senhorinha."

Aganap Coco sorri enquanto olha para as frutas penduradas e, em seguida, para toda a equipe, que balança a cabeça em sincronia, como quem diz: "Não, nem um pouco".

"Ao menos leve algumas destas frutas. Vou empacotá-las para você." Assim que DallerGut diz isso, a comitiva de Coco começa a tirar as decorações de frutas e as coloca cuidadosamente em caixas.

"Deveríamos ter deixado as frutas em caixas desde o início. Isso teria nos poupado muito trabalho, incluindo esse chão imundo", murmura Vigo Myers, limpando uma mancha de sumo de pêssego da palma de sua mão com um lenço.

Tão logo Aganap Coco e sua comitiva partem, o saguão rapidamente volta ao seu estado original de limpeza, tudo graças aos funcionários do segundo piso, que de fato se superaram. Eles retornam satisfeitos para o seu andar.

DallerGut consegue dispensar o restante dos funcionários, que não tiravam os olhos da pilha de caixas que Coco deixou. Em seguida, ele começa a separar os pacotes com a sra. Weather e Penny.

"Ainda não consigo acreditar no que vejo. Isso é mesmo..."

"Você também está de olho nesse sonho, hein?"

"Ah, sra. Weather. Claro! Assim como qualquer pessoa no planeta!", Penny eleva a voz, entusiasmada.

Eles retiram as caixas dos sonhos dos embrulhos de seda e as colocam no balcão. Penny escreve cuidadosamente algo em um papel para finalizar a preparação para a venda.

NÚMERO LIMITADO DE
SONHOS PREMONITÓRIOS
EM ESTOQUE

Em questão de poucas horas, Penny se vê diante de uma fila de clientes babando pelos Sonhos Premonitórios e um DallerGut incomodado, porque raramente os vende. Em geral, DallerGut ficaria em seu escritório, mas desta vez ele está passeando perto dos produtos, prejudicando as vendas.

"Um Sonho Premonitório... Na verdade... dois, por favor", pede um cliente.

"Com licença! Posso perguntar que tipo de futuro você quer ver em seus sonhos?"

"Tenho que compartilhar isso?"

"Precisamos garantir que esses sonhos vão para quem realmente precisa. Como você pode ver, a quantidade é limitada."

"Quero saber os números sorteados na loteria para esta semana."

"Lamentamos informar, senhor, mas não vendemos esses sonhos para tal fim."

"O quê? Foi você que me perguntou. Está dizendo que agora você seleciona para quais clientes vai vender sonhos?", protesta o cliente.

Penny fica nervosa com a situação e tenta desviar a atenção do cliente para outro sonho. "Que tal este aqui? É sobre um apocalipse em que a Terra será destruída e você se tornará o último humano vivo. Uma experiência e tanto, não?"

"Basta", recusa o cliente secamente, antes de sair furioso da loja. Logo em seguida, outro cliente diz que quer ver sua futura esposa, e outro quer saber quando é que finalmente passará num concurso público.

"Parece que hoje não vou conseguir vender nada", se lamenta Penny.

"Vamos esperar um pouco", diz a sra. Weather, dando de ombros.

"Por que Aganap Coco está fazendo negócios com DallerGut? Ele não parece querer impulsionar as vendas", diz Penny, cautelosa para não parecer que está falando mal dele pelas costas.

"Coco acha que seus sonhos não são bons o bastante para se tornarem sucesso de vendas, e ela só escolheu a nossa loja porque não é exigente. Para ela, isso não passa de uma venda comum para um velho amigo, DallerGut, pois acredita que seus sonhos são esquisitos demais para vender para outras pessoas."

"Não pode ser! Afinal, são Sonhos Premonitórios. Ela é muito humilde mesmo."

"Seriam premonitórios de fato se você pudesse escolher qual parte do seu futuro prever. Porém, nem mesmo ela pode tornar isso possível. Na melhor das hipóteses, é possível vislumbrar um fragmento do futuro. Um fragmento muito, muito curto, como uma fração de segundo."

"Ainda assim, é incrível prever o futuro."

"Será? Você acredita nisso mesmo sem obter as informações que quer saber? E se você previr apenas uma cena aleatória de uma criança que passa correndo por você para buscar uma bola ou uma cena tão banal do cotidiano na qual você está só olhando para a sua chaleira enquanto prepara um chá preto? Você ainda acha que isso é incrível?"

"Bom... Não se for tão banal assim."

"Todos esses sonhos são banais. Mas eles podem se tornar especiais para alguém, se os vendermos para a pessoa certa." A sra. Weather sorri maliciosamente e fica com uma expressão facial igualzinha à de DallerGut. Nesses momentos, Penny entende como os dois conseguiram manter sua parceria por mais de trinta anos.

DallerGut ainda está vigiando as vitrines de Sonhos Premonitórios. Ele continua espantando os clientes e não parece estar com pressa.

Na-rim é uma aspirante a roteirista. Ela trabalha meio período em um cinema há muito tempo. Esse é o emprego dos sonhos dela, já que, por trabalhar meio período, ela pode assistir a filmes de graça e refletir sobre o roteiro ou ouvir as pessoas compartilhando suas críticas espontaneamente.

"Muito obrigada. Tenha um bom dia!", despede-se Na-rim dos clientes na porta de saída após a sessão. Duas pessoas que provavelmente eram um casal foram as últimas a deixar o cinema.

"O que você achou? Achei bem ok."

"Não é muito previsível? Tem tantos clichês. Parece até que já vi isso antes, mas com um elenco diferente. O tema também parecia familiar."

Na-rim concordou veementemente com a cabeça. E, então, começou a imaginar como a história teria se desenrolado se ela fosse a roteirista. Enquanto limpava as sobras de pipoca espalhadas sob os apoios de braço, tudo em que ela conseguia pensar era nas ideias para suas próprias histórias.

Na-rim queria que seu primeiro roteiro fosse uma comédia romântica. Ela adorava os pôsteres fofos desse tipo de filme e a possibilidade de dar a eles títulos bem chamativos.

Na verdade, as inspirações românticas estavam em todo lugar à sua volta. Ela ouviu falar que A, do restaurante, e B, da bilheteria, estavam em um relacionamento secreto e trocavam gestos carinhosos a distância. Ela também ouviu uma história interessante sobre C, que fazia as melhores lulas grelhadas na manteiga, e D, que trabalhava no estacionamento. Mas essas pessoas eram muito comuns para aparecer em um filme. Na-rim lutava para ter uma ideia capaz de transformar uma história qualquer em algo de fato especial.

"E aí, Na-rim? O que vai fazer hoje à noite?", pergunta um colega que também trabalha meio período. Ele estava ao lado dela, limpando migalhas de nacho.

"Vou jantar com uma amiga do ensino médio. E você?"

"Na verdade, fiquei sabendo de uma cartomante que tem aqui perto e marquei uma sessão. Ouvi dizer que ela é ótima. Mas estou nervoso por ir sozinho, então vim chamá-la para ir junto. Você vive dizendo que é aspirante a roteirista. Não quer saber se será uma escritora de sucesso? Ou talvez você possa ir comigo na próxima sessão. O que acha?"

"Agradeço o convite, mas passo." O colega de trabalho faz uma careta em reação à recusa de Na-rim. "Ah, que graça tem quando você fica sabendo do seu futuro com antecedência?", Na-rim acrescenta, tentando reconfortá-lo.

Depois do trabalho, Na-rim encontra uma amiga no restaurante. Ela está com um brilho diferente no olhar. Isso porque Ah-young, sua melhor amiga há mais de uma década, acabou de começar um namoro.

"Então está me dizendo que esse cara continuou aparecendo em seus sonhos?"

"Sim! Por várias noites seguidas. Isso me fez pensar que talvez eu gostasse dele de verdade."

"Foi por isso que você o convidou para sair primeiro? Logo você, Ah-young Jeong, conhecidíssima por se fazer de difícil?"

"Achei que seria melhor do que não fazer nada. Afinal, orgulho não leva a lugar nenhum."

"Que demais! Então você está oficialmente saindo com ele?"

"Sim, desde a semana passada. Ainda não consigo acreditar."

"Pensando bem, se eu der uma incrementada, essa história poderia dar uma boa comédia romântica, não?"

"Não é muito fraco para um roteiro? Pode até ser divertido para uma conversa, mas é comum demais para usar como material em um filme."

"Deve ser porque faz muito tempo desde a última vez em que estive em um relacionamento. Para mim, a vida amorosa dos outros parece um filme."

Na-rim mexe o curry, agora frio no prato, soltando um suspiro profundo.

Depois do jantar, cada uma vai para sua casa.

Na-rim está deitada em sua cama de solteiro com estrutura de ferro, balançando a cabeça de um lado para outro, até que, prestes a dormir, pensa: "Onde encontrar um bom material para uma história?".

"Seja bem-vinda!", cumprimenta DallerGut.

"Seja bem-vinda à nossa loja", diz Penny com a voz cansada, contrastando com a vivacidade na voz do chefe.

Eles acabaram de se despedir de trezentos clientes que saíram de mãos vazias após irem à loja comprar Sonhos Premonitórios. Penny está exausta.

"Que tipo de sonho você está procurando?"

"Estou procurando algo divertido. E, se isso me der inspiração para criar histórias, melhor ainda." A cliente dá uma olhada de relance nos itens limitados à mostra. Existem pilhas de Sonhos Premonitórios de fácil alcance, mas ela não parece se importar.

Em vez disso, examina cuidadosamente os sonhos não vendidos, jogados de qualquer jeito em pilhas de caixas desarrumadas.

Penny percebe que DallerGut observa a cliente com atenção. Como ela previa, ele se aproxima da mulher e começa uma conversa.

"Quer dizer que você está se preparando para um concurso de roteiristas?"

"Oh, me desculpe, mas já nos conhecemos?", pergunta Na-rim de volta.

"Claro! Eu me lembro de todos que já estiveram aqui."

"Mais uma vez, me desculpe. Não me lembro de ter conversado com você antes."

"Claro. Mas isso não importa. Para falar a verdade, sei que, nos últimos dois anos, você comprou praticamente todos os sonhos que temos no estoque."

Na-rim franze a testa por um momento, tentando se lembrar de algo. Então sua expressão muda, parecendo desapontada.

"Agora que você disse isso, acho que sim. Mas imagino que não houvesse material em nenhum eles. Afinal, eu ainda não escrevi uma boa história original."

"Na verdade, há um sonho divertido que você ainda não experimentou, mas que pode interessá-la…"

"Qual é?"

"Este aqui…" DallerGut faz uma pausa dramática. "Um Sonho Premonitório."

"Ah, não. Obrigada! Não preciso deste", rejeita Na-rim, sem hesitar.

"Não quer sonhar com o seu futuro?", pergunta Penny, intrigada com a resposta.

"Não é divertido saber das coisas com antecedência. E isso se aplica ao cinema, à vida. Eu odeio spoilers."

"Você não quer saber se será uma roteirista de sucesso?"

"De jeito nenhum. Na verdade, saber disso com antecedência me faria infeliz. Ainda que eu sonhasse com um futuro brilhante, não é garantido que o sonho se concretize. Acho que isso só me deixaria preguiçosa. E, se o sonho não se confirmasse, eu ficaria frustrada."

"As pessoas geralmente ficam curiosas para saber sobre o seu destino, e você não?" Dessa vez é a sra. Weather quem pergunta. Para Penny, tanto a sra. Weather quanto DallerGut parecem bastante animados.

"Meu destino? Falando assim, parece que somos carros autônomos correndo em direção a uma linha de chegada. Temos que assumir o controle da nossa própria vida, ligar o motor e, ao longo do caminho, ir pisando no acelerador ou no freio. Não se trata apenas de me tornar uma roteirista famosa. Eu amo escrever roteiros como profissão. Então, se eu acabar morrendo na praia, aceitarei com prazer."

DallerGut estava olhado fixamente para ela.

"Minha resposta foi longa demais, não foi? Acabei divagando." Na-rim coça a ponta do nariz, sentindo-se um pouco envergonhada.

"Não, não. De jeito nenhum. Fiquei impressionado com a sua história. Você então acha que, se estiver concentrada em viver o presente, o futuro seguirá naturalmente?"

"Exatamente! Foi isso que eu quis dizer", responde Na-rim, mais confiante.

Isso arranca uma gargalhada de DallerGut. "Nesse caso, eu reitero minha recomendação para que você experimente este Sonho Premonitório. Pode ficar tranquila, você não verá eventos futuros indesejados. Verá apenas um instante do futuro, tão fugaz que se esquecerá dele rapidamente."

"Se vou me esquecer de tudo, por que está me recomendando este sonho?"

"Bem, nunca se sabe. Pode ser que você se lembre de alguma coisa, e não custa nada experimentar. E, como de costume, você pode pagar depois."

"Deve ser um sonho caro... Como pode ter tanta certeza de que vou pagar?"

"Você sempre pagou pelos seus sonhos. É uma cliente sensível e cheia de emoções, e devemos muito a você. Penny, você poderia entregar a ela um Sonho Premonitório?"

Um tempo depois, Na-rim inclina a cabeça, agradecendo pelo sonho que Penny lhe entregou, e sai da loja.

"Você usou algum tipo de psicologia reversa, não foi?", pergunta Penny a DallerGut, que está limpando uma das prateleiras.

"Acha que o meu jeito de vender é esquisito?"

"Você está vendendo sonhos para quem não quer comprá-los, em vez de vendê-los para quem mataria para comprar."

"Os Sonhos Premonitórios de Coco em geral são decepcionantes para quem quer muito ver o futuro. Mas eles podem se tornar uma agradável surpresa para quem não criou nenhuma expectativa."

"Não tenho certeza se entendi."

"Quando tiver mais experiência trabalhando aqui, como eu, irá entender."

"Estava demorando para você me dizer isso hoje", responde Penny com sua língua afiada.

O sonho premonitório de Na-rim foi breve, mas ela não se lembrou de nada na manhã seguinte. Depois de passar a semana inteira refletindo sobre ideias para um novo roteiro, finalmente decide usar a história de Ah-young como inspiração. Por algum motivo, aquilo não saiu da sua cabeça.

"Tem certeza de que é uma boa ideia?", perguntou Ah-young.

"Mas é claro! Ele é o homem dos seus sonhos. Olha que romântico!"

"Tenho certeza de que você faria um excelente trabalho editando os diálogos e aprofundando os personagens, mas ainda acho que é um material muito chato."

Na-rim e Ah-young estão no mesmo restaurante de curry da última vez e conversam sobre a nova ideia para roteiro durante o jantar. As duas estão perdidas em pensamentos sobre quaisquer reviravoltas que possam tornar a história especial.

Na-rim mistura uns pedaços de cenoura no prato com o garfo, e Ah-young ajeita seu jogo americano. Nesse momento, o celular de Ah-young toca em cima da mesa. A tela do smartphone é dominada pelo nome "Jong-seok". Na-rim faz questão de absorver todos os detalhes lentamente.

Até que, de repente, uma história de fundo surge inteira dentro da cabeça de Na-rim. Ela se sente arrebatada por uma sensação estranha, mas muito clara, de déjà-vu.

Os pedaços de cenoura no molho, a forma como Ah-young, inquieta, dobra o jogo americano, o nome do namorado dela aparecendo na tela do celular... Por algum motivo, Na-rim soube imediatamente que Jong-seok é o nome do namorado de Ah-young, apesar de a amiga nunca ter dito qual era.

"É seu namorado?", pergunta Na-rim em voz baixa. Ah-young assente levemente com a cabeça e atende a ligação.

Na-rim sente que os fragmentos da história, antes perdidos em sua cabeça, repentinamente se encaixam, como peças aleatórias de um quebra-cabeça se juntando.

"Déjà-vu!", grita Na-rim, empolgada, depois que Ah-young desliga o telefone.

"Oi?"

"Acho que tive um déjà-vu! Este exato momento, em que seu namorado ligou para você. Já vi isso em um sonho."

"Sério? Que incrível!"

Uma torrente de ideias, piscando e correndo, atravessa Na-rim por alguns segundos. Como se um roteiro estivesse inteiramente pronto em sua cabeça, uma série de pensamentos começa a fluir de sua boca.

"E se eu escrever sobre alguém que pode prever em seus sonhos que outras pessoas vão se apaixonar, tornando-se assim uma consultora de relacionamentos? Tipo como eu previ você namorando Jong-seok em meu sonho. Uma consultora com uma vida amorosa deprimente, mas que pode prever a vida amorosa de outras pessoas por meio de sonhos premonitórios."

Ding-Dong!
Cliente número 1011 realizou o pagamento.
Uma pequena quantia de Palpitação foi paga por Sonho Premonitório.

"Sra. Weather, olha! Os clientes começaram a pagar pelos Sonhos Premonitórios que vendemos na semana passada!"

"Começaram? Que ótima notícia! Isso significa que é hora de Aganap Coco voltar para receber seu pagamento. Então preciso converter os pagamentos em dinheiro até amanhã."
Enquanto isso, muitos clientes como Na-rim visitaram a loja. Primeiro, todos chegavam sem o menor interesse em Sonhos Premonitórios, mas saíam com uma caixa ou duas deles, aconselhados por DallerGut.

Ding-Dong!
Uma pequena quantia de Maravilhamento foi paga por Sonho Premonitório.
Uma pequena quantia de Curiosidade foi paga por Sonho Premonitório.

"Os pagamentos estão mesmo diversificados. Vejam só: Maravilhamento e Curiosidade também estão chegando."
"Deixe-me ver", diz DallerGut, demonstrando interesse pelos pagamentos enquanto limpa as balanças de pálpebras atrás de Penny e da sra. Weather. "Isso é incrível! É como eu digo, cabe apenas ao cliente decidir se um sonho é útil ou não." Ele então rola a tela e clica com o mouse para checar cada mensagem de notificação.
"DallerGut, acho que acabei de ver um novo pop-up de notificação... Espero que você não o tenha fechado sem nem ler a mensagem. Já disse a você que precisamos manter o sistema atualizado e sempre verificar se há algum vírus", diz a sra. Weather em tom de suspeita.
"É que são tantas notificações..."
"Como é que é?"
"Deixa pra lá, Weather...", responde DallerGut, confuso.
"A propósito, o que é um 'déjà-vu'?" Penny encontra uma nova palavra em meio às resenhas de produtos que entraram com os pagamentos. "Todos os clientes estão comentando que tiveram experiências incríveis de 'déjà-vu'."
"Déjà-vu! Significa 'já visto'. É um fenômeno que faz você sentir como se já tivesse experimentado algo, ainda que esteja ciente de que nunca experimentou. Isso não é maravilhoso? Nossos

clientes deram um nome bonito aos Sonhos Premonitórios que vendemos. É tão original!", exclama DallerGut, impressionado.

"Você sabia, Penny? A maioria dos clientes fica maravilhada com o déjà-vu no início, mas diminui sua importância, como se fosse uma ilusão neurológica", acrescenta a sra. Weather.

"Sério? Que decepção. Nos esforçamos tanto na venda dos Sonhos Premonitórios, para depois receber uma reação tão trivial..." Penny coça a nuca, desanimada, e DallerGut sorri.

"Mas é isso que importa! Ainda que tenham visto o futuro, as pessoas não ficaram confusas, certo?"

"Claro que não. Porque elas tecnicamente não viram nada", responde Penny, sem entender o que DallerGut queria dizer.

"Isso é tudo o que precisamos." DallerGut sorri ainda mais ao se levantar. "Estou com sede. Vou pegar qualquer coisa gelada para tomar. Ah! Quem sabe não provo algumas gotas de Curiosidade fresquinha, dessa que acabou de chegar?" Com isso, DallerGut desaparece no depósito com um copo na mão.

"É por isso que Aganap Coco traz suas sobras de produção exclusivamente para a nossa loja. As outras lojas não as aceitam por não terem ideia de como vender", sussurra a sra. Weather.

Penny se lembra de como DallerGut ficou esperando o cliente certo aparecer, em vez de distribuir os Sonhos Premonitórios para todos. Por um segundo, Penny se pergunta se DallerGut pode de fato prever o futuro.

"Vontade de pegar a cabeça de DallerGut e estudar o seu cérebro...", murmura Penny.

DallerGut já está de volta de sua ida ao depósito.

"Coloquei duas gotas de Curiosidade fresquinha. Experimente!"

A limonada azul-cristalina que DallerGut tem em mãos parece tirada do fundo do oceano. Penny pega o copo e toma um gole. Uma doçura refrescante e estimulante se espalha em sua boca. Curiosidade é mais agradável do que ela esperava. De repente, Penny se sente inspirada.

"DallerGut, eu gostaria de fazer uma pesquisa sobre os sonhos de Aganap Coco. Tenho tantas perguntas", ela diz, sentindo--se motivada a aprender. "E quem sabe, se eu me aprofundar o suficiente, não seja capaz de realmente criar Sonhos Premonitórios e prever coisas do futuro? Como nos contos antigos!"

"Decidir o que estudar é uma escolha só sua... Mas nem preciso dizer a você que inúmeras pessoas desperdiçaram suas vidas inteiras fazendo a mesma pesquisa, certo?", adverte DallerGut em tom enigmático. "Não existe um futuro tão grandioso como você está imaginando. O que temos é um presente emocionante e os sonhos de hoje à noite."

Com um copo de limonada na mão, DallerGut desaparece na multidão de clientes.

4. SOLICITAÇÃO DE REEMBOLSO POR TRAUMA

"Não se preocupem, eu tomo conta da recepção. Aproveitem para fazer um intervalo."
Penny e a sra. Weather estão relaxando na sala de descanso dos funcionários depois do almoço.
Graças a DallerGut, é a primeira vez em muito tempo que as duas dão uma pausa. Penny se recosta em um sofá velho, alongando as costas.
Na sala de descanso, alguns funcionários usando broches com o número "4" almoçam a comida que trouxeram de casa. Estão sentados ao redor de uma mesa comprida, comendo bem devagar enquanto conversam. Penny tenta ouvi-los, curiosa para saber se estão falando sobre o boato que vem circulando entre os funcionários. Mas o assunto é outro.
"Estou comendo o mais devagar possível, assim não precisamos voltar ao quarto piso tão cedo", diz, em tom amargo, um funcionário de óculos.
"A viagem de negócios de Speedo deveria durar para sempre..."
"Ele voltou hoje cedo... E o dia já parece estar durando um ano", diz outro homem do lado oposto da mesa, pegando um grãozinho de arroz frito por vez com os palitinhos. A porta da sala é repentinamente aberta, e ele derruba um dos palitos no chão.

"Aí estão vocês!"

É Speedo, o gerente do quarto piso. O macacão que está vestindo hoje é fluorescente – ele parece ter a mesma peça em várias cores.

"Que bom ter companhia no almoço! E aí, equipe do quarto piso, qual é a boa de hoje? Arroz frito com ovo? Vocês precisam colocar um pouco de carne ou aipo na hora de refogar o arroz. Aposto que essa comida aí não tem gosto de nada. Nossa! Sua garrafa não é térmica? A minha custou só um gordon e noventa e nove syls. Vou te encaminhar o link do site em que comprei. Não precisa agradecer."

Enquanto a equipe do quarto piso guarda as marmitas com toda a calma, Speedo cospe as palavras em uma velocidade vertiginosa.

"Ei, aonde você vai? Já terminou?", pergunta Speedo.

"Não estou mais com fome."

"Mas sobrou metade da comida!"

"Preciso voltar ao trabalho. Se você nos der licença, claro…"

"Mas que maravilha… Claro! Já, já encontro vocês."

Antes de irem embora, os membros da equipe lançam um olhar desesperado na direção da mesa de Penny, como que implorando para que ela e sua chefe façam companhia a Speedo por mais um tempo.

"E aí, Speedo! Como foi a sua viagem? Ouvi dizer que você passou duas semanas no Centro de Pesquisa de Cochilos. Deve ter sido muito interessante", comenta a sra. Weather.

"Oi, Weather! Ah, oi, Penny. Você continua seguindo a Weather para todos os cantos, como se não conseguisse fazer nada sozinha?", ele diz enquanto se senta e desembrulha seu kimbap triangular. "Com relação ao centro de pesquisa, eu já sabia tudo sobre o que eles estudam lá. Não aprendi nada. Acabei dando algumas dicas, na verdade." Speedo não para de falar enquanto mastiga, cuspindo grãos de arroz por toda a mesa. Penny se afasta um pouco.

"Coma mais devagar, Speedo. A propósito, não era você que preferia almoçar sozinho? Sempre reclamou que as pessoas eram muito lentas para comer. Por que veio à sala de descanso hoje?"

"Bom, para ser bem honesto, nas vezes em que almocei com o pessoal lá do centro de pesquisa, eles conversavam muito sobre investimentos e finanças, e eu achei isso muito divertido. Comecei a gostar de ter companhia durante o almoço. A propósito, Weather, o que você acha de investir em emoções baratas?"

"Investir em emoções? Como assim?" A sra. Weather demonstra interesse. Penny, por sua vez, finge não se importar, mas está prestando bastante atenção. Ela ainda tem medo de ir ao banco depois de ter sofrido o golpe com a garrafa de Palpitação, mas, agora que conseguiu um emprego em tempo integral, começou a se interessar por investimentos financeiros.

"Você sabia que cada garrafa de Raiva sobe trinta gordons no inverno...?"

"Claro que eu sei. Algumas gotas de Raiva já conseguem acender um fogo mais brando. Dura pelo menos uma semana. É o melhor jeito de economizar na conta de gás." Weather faz um sinal de positivo com o polegar. "Meu marido e eu adoramos tomar sorvete perto de uma lareira bem fumegante."

"Mas veja bem. A questão é que você não precisa mais gastar trinta gordons em Raiva. O pessoal do centro de pesquisa me disse que agora é o momento de ir ao banco comprar Confusão. Os preços vão disparar antes de o inverno chegar."

"E Confusão serve para quê?" A sra. Weather está curiosa.

"Dá para usar na caldeira a gás e aposentar de vez o antigo aquecedor a lenha. Com algumas gotas de Confusão dentro do cano de gás, é possível aquecer um cômodo rapidamente. É como se as partículas do ar ficassem confusas e se espalhassem por toda parte. A equipe de lá me deu a dica de comprar com antecedência, porque logo vão publicar um artigo sobre isso. Na opinião deles, vai fazer os preços subirem."

"Isso é meio estranho..." Penny entra na conversa. "No geral, o ar se espalha naturalmente. Será que eles estão inventando? Além disso, deve ser perigoso mexer no cano de gás", acrescenta preocupada. "Você ainda não comprou, certo?"

"E... e se eu disser que comprei algumas garrafas?! Estavam saindo a um gordon cada! Você está insinuando que a equipe teria tirado sarro de mim? Por que eles fariam isso? Não faz sentido. Eles gostam de mim!"

Penny tem muito a dizer, mas decide não fazê-lo.

A sra. Weather percebe um olhar triste no rosto de Speedo e sugere: "Por que não voltamos lá amanhã e trocamos tudo por dinheiro? Eu posso ir com você. Não se desanime. Valeu a pena tentar. Algumas emoções ruins podem ser realmente úteis".

Speedo se levanta da cadeira devagar, limpando os grãos de arroz em seu macacão.

"Mas sinto que o preço vai subir... E se eu esperar só um pouquinho? Dois gordons por garrafa já me darão um lucro enorme..."

A sra. Weather balança a cabeça com firmeza. Speedo, mal-humorado, vai embora da sala de descanso.

As duas também se levantam para voltar à recepção. Penny então insinua, enquanto arruma a almofada: "Sra. Weather, falar sobre emoções ruins me fez pensar... Os sonhos ruins servem para alguma coisa?". Ela vinha tentando encontrar o momento certo para perguntar sobre o tal boato que circulava entre os funcionários.

"Que tipo de sonhos ruins?"

"Refiro-me aos que são chamados de pesadelos... Sonhos que surgem do que as pessoas têm medo."

"Isso é por causa do novo acordo?" A sra. Weather percebe imediatamente a intenção de Penny.

"Ah, você já está sabendo! Existe um boato de que DallerGut fez um acordo com o produtor de pesadelos do beco que fica aos fundos da loja. Isso é verdade?"

"É, sim! O nome dele é Maxim. Em breve, os produtos dele serão vendidos no terceiro piso."

"Ouvi dizer que os sonhos que Maxim cria em sua oficina escura como breu são aterrorizantes... E se perdermos nossos clientes e as vendas caírem?"

"Bom, eu também não faço ideia das intenções de DallerGut, mas... Mais cedo ou mais tarde, descobriremos."

A notícia é exibida em um painel eletrônico no topo de um prédio enorme. As ruas estão apinhadas de gente, mas estranhamente quietas, como se não houvesse ninguém ali. Há um silêncio sinistro, como se todos estivessem mudos, exceto o âncora do noticiário. Um homem que está andando sem rumo na rua ergue os olhos para ver as notícias no painel. A voz do âncora viaja direto até seus ouvidos, alta e clara, aderindo-se a seus pensamentos.

"Estamos vivendo agora um 'penhasco demográfico' íngreme, com uma taxa de mortalidade que é o triplo da taxa de natalidade. Atingimos o menor número já registrado de alistamentos militares. Por esse motivo, a Administração de Recursos Militares anuncia o realistamento dos dispensados que têm menos de trinta anos e exige exames médicos mais uma vez..."

O homem estremece de tontura e fecha os olhos. Ele vai fazer vinte e nove anos em breve e já foi dispensado do Exército sete anos atrás.

"Realistamento?" Ele abre os olhos, tentando se concentrar na voz do âncora para processar as informações novas, mas o âncora já havia mudado de assunto.

O homem está no escritório da Administração de Recursos Militares vestindo uma camiseta larga. Em seu sonho, ele não estranhou essa rápida transição. Em vez disso, o que esmaga sua mente é a realidade brutal de ter que passar pelo serviço militar outra vez. Ele está cercado por muitos outros homens que também esperam ser chamados para o exame médico, todos espremidos. Aos poucos, ele é empurrado para a frente e percebe que os homens de pé à sua esquerda e à sua direita parecem animados, por algum motivo.

"Espero ser designado para a primeira infantaria especial."

"Eu também. Já que o realistamento é obrigatório, prefiro ficar por lá o máximo possível. A vida militar me atrai."

"Não pode ser. Que loucura é essa?", o homem pensa, mas não fala. E isso vai deixando a sua cabeça cada vez mais confusa.

Tudo o que ele quer é dar as costas e sair do prédio, mas não consegue dar o primeiro passo. Aflito pela sensação de estar preso ali, ele cerra a mandíbula e concentra a força nas pernas, mas elas não se movem nem um centímetro.

Chega a sua vez. Ainda incapaz de pronunciar uma palavra, só lhe resta esperar pelo resultado.

Primeira infantaria especial.

A palavra "especial" depois de "infantaria" o irrita profundamente. É o pior momento para descobrir que está com uma saúde de ferro.

Outra transição de cena. O homem agora está sentado na cadeira de uma barbearia velha, que cheira a mofo. Mais uma vez, sente como se seu corpo estivesse imobilizado. Movendo ligeiramente os dedos, consegue puxar um pouco do forro do apoio de braço por um buraco. Até a textura do chumaço de algodão parece real ao toque. Ele olha ansioso para o barbeiro através do espelho.

"Você disse que foi selecionado para a primeira infantaria especial? São três anos de serviço, certo? Um verdadeiro patriota! Seu corte é por conta da casa", diz o profissional.

Frente àquela realidade que já parece incontornável, ele se sente prestes a explodir. Todo mundo parece estranhamente passivo diante de uma situação tão absurda. Até seu corpo parece impotente e indefeso comparado à intensidade das suas emoções.

"Não vou voltar para o Exército de jeito nenhum. Como é possível que todos esses homens dispensados do serviço militar concordem com essa loucura?"

Seus pensamentos continuam vagando em busca de uma saída, até que finalmente chegam à única conclusão plausível.

"Isso só pode ser um sonho! É isso? É tudo um sonho?", ele pergunta ao barbeiro, desesperado.

"Um sonho? Ha-ha! Você bebeu?" O barbeiro sorri e encosta o barbeador elétrico na nuca do homem. O metal gelado lhe dá calafrios, e logo os tufos de cabelo começam a cair sobre suas costas suadas.

"Devo ter morrido, então. Isso com certeza não é um sonho."

Sua camiseta está encharcada como se tivesse tomado chuva. Ele sente as costas grudando na poltrona de couro, abafadas pelo suor.

O homem abre os olhos de repente. Seu cobertor está ensopado de suor. Ele enfim deixa escapar todos os palavrões que estavam engasgados e, em menos de três segundos, sente seu corpo ser tomado pela realidade.

"Ufa... Era só um sonho."

Olhando agora, aquelas cenas não faziam muito sentido. Durante o sonho, porém, é muito fácil ser ludibriado. Ele foi dispensado do serviço militar há tanto tempo. Por que ainda sonha com esse tipo de coisa? Bem devagar, o homem se levanta e sacode o cobertor pela janela. Só não consegue afastar aquela sensação terrivelmente perturbadora.

Esta noite, em seu sonho, a mulher é uma estudante do ensino médio. Ela não demora para entender a enrascada em que está metida. Faltam três dias para os exames finais.

No primeiro dia, haveria provas de matemática, química e física. Todas elas disciplinas para as quais memorizar não ajudava em nada. "Por que eu não estudei?", pergunta-se a mulher dentro do sonho.

E é exatamente essa a situação. Ela não estudou para as provas. Não se lembra de ter lido uma página sequer da apostila. Sua respiração se torna lenta e, como se não houvesse mais sangue sendo bombeado para o cérebro, sua visão fica turva. Ainda que esteja com os olhos bem abertos, sua noção espacial se perdeu. Reunidos à sua volta, seus colegas a provocam, insensíveis:

"Está esperando por outro dez, Song-yi?"

"Aposto que ela está! Lembra da última vez? Ela errou uma questão e chorou!"

"Deve ter estudado igual a uma condenada de novo."

A mulher se esforça para não fazer caretas e mal consegue responder. "Não. Dessa vez eu não estudei nada."

Ela fica de cabeça baixa na carteira. O cheiro de madeira barata torna tudo ainda mais real.

"Como pude ser tão irresponsável?", pensa, refletindo sobre o motivo de não ter estudado para as provas. Ela não é assim. Sem chegar a uma conclusão aceitável, seu fluxo de pensamentos se interrompe. Enquanto estiver sonhando, não terá como perceber que nada disso é real. Ela já passou da idade escolar há muito tempo e provavelmente nunca mais vai precisar fazer uma prova na vida. Agora, como integrante do mundo adulto, trabalha em tempo integral.

Uma transição abrupta de cena, tão perfeita que ela nem se dá conta. É um dia quente de verão, um dia antes da prova final, e a mulher está na sala de aula.

Sua carteira está no centro do cômodo. Sobre ela há uma folha de prova cheia de questões, todas em branco.

"Estou ferrada! Não consigo me lembrar de nada."

Suando, ela encara o pedaço de papel. A situação é ainda pior porque ela está vestindo o uniforme grosso de inverno, que não a deixa transpirar, então o suor escorre sem parar pela sua pele. Os murmúrios dos colegas parecem perfurar seus tímpanos.

"Não pode ser verdade! Essa prova está muito fácil!"

A mulher começa a entrar em pânico quando vê que a prova de repente tem duas, três, quatro folhas, crescendo cada vez mais. Ela vira as páginas e percebe que não sabe nenhuma resposta.

O farfalhar das folhas dos colegas vai se sobrepondo, preenchendo toda a sala de aula. A mulher ainda não saiu da estaca zero.

Os números das questões de matemática se embaralham, e os ponteiros do relógio sobre a mesa do professor parecem correr. O tique-taque em seus ouvidos soa alto, agudo, como se viesse de dentro da cabeça dela.

Nervosa, ela balança as pernas e rói as unhas.

"Se eu for mal nessa prova, mamãe e papai vão ficar muito desapontados!"

"O professor de matemática vai me chamar para conversar na sala dele quando vir que eu tirei zero."

"E se o pessoal vier até mim durante o intervalo para comparar as respostas e perceber que eu não sei nada?"

Naquele momento, nada no mundo parece ser mais importante do que essa prova. Com picos anormais de estresse e pressão pesando sobre sua cabeça, as lágrimas começam a brotar. De repente, a sala de aula, antes iluminada, se torna escura, submersa em sombras. E então uma onda gigante vinda do pátio da escola invade as janelas abertas e inunda toda a sala de aula.

Enquanto sente seu corpo ser chacoalhado pela força da água, a mulher solta um suspiro de alívio.

"Que sorte! A prova vai ser cancelada!"

Num sobressalto, ela acorda daqueles pensamentos irracionais. Embora esteja desperta, sua mente parece vazia. Depois de sonhos tão vívidos, era comum que ela perdesse o senso de realidade por um tempo, desorientada. Deitada na cama, ela repetia para si os passos de seu roteiro de verificação da realidade: "Tenho vinte e nove anos. Terminei o ensino médio há mais de uma década. Não preciso nem nunca mais precisarei fazer provas semestrais ou finais na minha vida".

Depois de realizar uma criteriosa verificação da realidade, ela enfim consegue recuperar os sentidos.

Esta não era a primeira vez que ela tinha um sonho assim. Apesar de ter sido uma ótima aluna no colégio, nunca soube lidar com a pressão das provas.

"Estou tão cansada disso", ela suspira, com os olhos vidrados no teto.

Dezenas de clientes enfurecidos exigindo reembolso estão invadindo a Grande Loja de Sonhos DallerGut desde cedo. "Como ousam vender esse lixo?", reclamam. DallerGut pediu aos funcionários que encaminhassem os insatisfeitos diretamente ao seu escritório, e por isso não saiu de lá o dia todo.

Penny está entretida num cálculo mental de quantos clientes direcionou ao escritório de DallerGut até agora. Nas repetidas vezes em que vai até lá, ela o espreita pela porta entreaberta. "Seja bem-vindo!", DallerGut diz, e depois fecha a porta. O escritório é pequeno, e não há mais espaço para receber ninguém. Penny acha que um ambiente tão apertado só vai piorar a situação, suscitando ainda mais reclamações.

"Sra. Weather, vou até o escritório de DallerGut rapidinho."

Em vez de responder, a gerente dá um bocejo demorado. Penny interpreta isso como: "Ok, faça como bem entender".

Carregando uma bandeja cheia de Biscoitos para Estabilidade Mental e Física, os favoritos de DallerGut, Penny bate à porta do escritório.

"Posso entrar?"

Nenhuma resposta. Ela então decide ouvir mais de perto. Tudo estranhamente quieto. Será que estavam todos meditando de mãos dadas ou algo assim? Penny hesita um pouco antes de girar a maçaneta.

Não há, de fato, ninguém no escritório. Em vez disso, o assoalho está tomado por caixas que antes se avolumavam em uma pilha ao lado do armário de DallerGut. Aquele espaço, antes sempre escondido, agora revela uma porta pequena e estreita entreaberta. Penny nunca soube que aquela passagem existia.

Ela espia pela fresta e vê um lance de degraus feitos de uma pedra meio azulada. Ao contrário da porta, a escada tem o tamanho ideal para que uma pessoa desça confortavelmente ao porão. Penny ouve vozes animadas vindo lá de baixo.

"Sr. DallerGut? Você está aí?"

A voz dela ecoa pelo corredor de pedra.

"Penny, é você? Ora, ora! Chegou na hora certa!", responde DallerGut, ainda fora do campo de visão dela. "Em cima da minha mesa, há um pacote de Cartas de Confirmação de Compra. Poderia, por favor, trazê-las aqui para baixo?"

"Cartas de Confirmação de Compra? Entendido. Vou buscar!"

Penny pousa a bandeja de biscoitos e começa a procurar os papéis. Sobre a escrivaninha comprida, ela vê uma porção de Certificados de Qualidade, assinados pelos produtores de sonhos, e alguns outros documentos, como uma Carta de Agradecimento pela Renovação do Contrato de Cinquenta Anos. DallerGut está sempre bem-vestido, mas aparentemente não tem o hábito de arrumar sua mesa. "Essa bagunça seria um parque de diversões para a equipe do segundo piso... Eles ficariam loucos para organizar tudo isso", pensa Penny, achando graça.

Ela examina os documentos enquanto dá a volta na mesa, tropeçando nas caixas espalhadas pelo chão. Penny faz uma nota mental de pedir permissão a DallerGut para jogar fora todo esse lixo depois. Algumas datas de validade impressas no topo dessas caixas já expiraram há mais de uma década.

Ela encontra o pacote de Cartas de Confirmação de Compra escondido sob um livro grosso. "Encontrei, sr. DallerGut! Estou indo aí!"

Penny desce as escadas com cautela, carregando a bandeja de biscoitos em uma mão e o maço de cartas na outra. O ambiente vai escurecendo conforme ela desce, mas, quando chega ao fundo, dá de cara com um espaço mais iluminado que o saguão de entrada da loja. Os clientes estão sentados ao redor de uma mesa redonda de mármore gigantesca e tomam chá com DallerGut.

Há uns poucos que ainda bufam enraivecidos, mas a maioria parece ter amolecido com a bebida oferecida por DallerGut. "Ele é esperto. Deve ter colocado algumas gotas de xarope Calmante ou Aliviante no chá antes de servir", supõe Penny.

O cômodo era iluminado por arandelas, e havia ainda outras fontes de luz, que entrava por janelas falsas decorativas, simulando raios de sol.

"São estas?" Penny entrega o maço de cartas.

"Isso mesmo. Obrigado!"

"Não fazia ideia de que existia um lugar assim aqui."

"Criei este espaço pensando numa situação como esta. Não queremos que a experiência dos outros clientes seja afetada por alguns consumidores insatisfeitos", murmura DallerGut bem baixinho.

Os clientes se calam por um momento depois que Penny aparece, mas logo voltam a resmungar.

"O que você tem aí para nos mostrar? Sem desculpas esfarrapadas, hein?", provoca, em tom de ultimato, uma mulher de braços cruzados.

"Você tem ideia de quantos de nós já tiveram sonhos de se realistar no Exército? Qual é o sentido de vender um sonho assim?", grita um homem que está de frente para DallerGut, pousando sua xícara de chá na mesa com um baque. As outras pessoas rapidamente seguem seu exemplo.

"Como eu disse, fui dispensado do serviço militar no mês passado, e todos os meus sonhos envolviam voltar para o Exército. Consegue imaginar como eu me senti?"

"Digo o mesmo sobre o sonho com a prova! Por acaso você tem algum tipo de hobby sádico de atormentar as pessoas enquanto estão dormindo? É o que parece!"

"Eu concordo! Sou cliente regular há muito tempo, mas de hoje em diante vou boicotar a Grande Loja de Sonhos DallerGut. Sabia que algumas lojas vendem apenas sonhos que promovem bem-estar? Se não quiserem perder clientes, vocês precisam acompanhar as tendências!", reclama uma mulher de pijama xadrez, sentada com as pernas cruzadas.

Penny está perplexa com aquela situação tão desagradável. É a primeira vez que ela vê clientes sendo agressivos com DallerGut desde que começou a trabalhar ali. Ele, contudo, parece tranquilo, como sempre.

"Queridos clientes, informamos em detalhes o funcionamento de cada produto quando o vendemos para vocês. Claro, sabemos que vocês não estariam aqui se se lembrassem disso. É uma pena. Mas sugiro que encaremos isso como uma pegadinha do Deus do Tempo. Não há muito o que fazer a respeito."

"Claro que não nos lembramos de nada! Por que alguém em sã consciência compraria pesadelos? Isso é um absurdo!"

"Meu caro, tecnicamente, esses sonhos são diferentes dos pesadelos habituais. Até vendemos alguns sonhos envolvendo fantasmas ou espíritos para clientes que estão cansados de noites quentes e abafadas... mas são, por assim dizer, promoções de verão. O que você comprou não é um pesadelo qualquer. O título exato é Sonho para Superar o Trauma, e ele foi idealizado por um produtor de sonhos muito jovem e talentoso. É um sonho muito bem-feito", afirma DallerGut com orgulho.

Mais murmúrios dos clientes. Alguns perguntam à pessoa sentada ao seu lado: "Do que é que ele está falando?". E outro diz: "Acho que ele está inventando essas coisas". Nem mesmo Penny consegue entender as palavras de DallerGut.

Um homem de roupão alugado se põe de pé e vocifera: "Isso tudo é irrelevante! Já é desagradável desenterrar coisas que não gostaríamos de lembrar, ainda mais um trauma. Exijo um reembolso total!".

"Senhor, como você bem sabe, nosso sistema de pagamento tem um funcionamento particular, então tecnicamente você não chegou a pagar nada...", Penny explica, mas é interrompida por DallerGut.

"Está tudo bem, Penny. Não há necessidade de provocar outra discussão."

DallerGut então olha para os clientes. "Tenho aqui as Cartas de Confirmação de Compra que vocês assinaram quando adquiriram os produtos. Por favor, deem uma olhada. Vocês irão reconhecer suas assinaturas aí."

DallerGut se levanta para entregar as cartas a cada cliente e volta ao seu lugar. Penny espia o papel do cliente sentado ao lado dela.

Carta de Confirmação de Compra

Este produto, intitulado Sonho para Superar o Trauma, é uma venda consignada. Seguimos diretrizes rígidas do Departamento dos Sonhos para disponibilizar apenas produtos com qualidade, criatividade e eficácia comprovadas.

Este sonho foi criado para clientes que desejam treinamento mental para um aumento semipermanente de autoestima. O conteúdo do sonho pode variar dependendo do tipo de trauma sofrido.

O pagamento por este produto só é efetivado integralmente se, ao acordar do respectivo sonho, o comprador experimentar emoções positivas, caso em que o contrato é considerado concluído.

Devido à natureza do produto, o comprador tem até trinta dias para solicitar a troca ou o cancelamento da aquisição. Porém, esta não é uma opção aconselhável, pois o comprador poderá se esquecer disso e efetuar a recompra.

Tendo recebido informações detalhadas sobre o produto, o comprador concorda em sonhá-lo regularmente, nos intervalos sugeridos pelo vendedor, até que o trauma seja superado.

_____

Assinatura

*Nota: se após a compra a vida diária do comprador for afetada por forte estresse ou por insônia causada por ansiedade, o vendedor reserva-se o direito de cancelar a venda a seu critério.

As assinaturas na parte inferior de fato pertencem aos próprios clientes. Os acessos de raiva são magicamente substituídos por expressões de surpresa. Eles leem e releem a carta para processar todas as informações.

"Mas como é que isso treinaria nossas mentes ou aumentaria nossa autoestima? Só aumentou nosso estresse até agora", questiona um cliente, que parece ser o primeiro a entender o documento.

Penny concorda com ele. Na verdade, ela tinha acabado de se fazer a mesma pergunta. Todas as frustrações lhe pareciam válidas.

"Pedimos sinceras desculpas se nossos produtos lhe causaram estresse. Se quiser parar de sonhar com isso, você pode cancelar a compra. Nenhum pagamento foi processado, pois nenhum de vocês obteve resultados positivos. Portanto, não há necessidade de se preocupar com reembolso."

Como DallerGut não se opõe ao cancelamento da compra, os clientes começam a suavizar o tom.

"Vamos acolher o que vocês desejarem fazer. No entanto, que tal darmos tempo ao tempo, até que vocês comecem a ver resultados reais?", Penny propõe, meio hesitante, ao perceber que as pessoas não estão mais com vontade de discutir.

"Tem ideia de como é horrível reviver o pior momento da sua vida? Eu quero viver coisas boas, ao menos nos meus sonhos."

Uma cliente estremece ao pensar alto, e o próprio DallerGut a consola: "Mas seria esse, de fato, o pior momento da sua vida?".

Todos os clientes voltam a encarar DallerGut, como se dissessem: "Vamos ver qual é a bobagem que esse homem vai inventar agora".

"Pensando racionalmente, os momentos mais difíceis de sua vida também são os momentos em que você se esforçou ao máximo para superar as provações. Agora que esses momentos já ficaram para trás, depende de você mudar a forma como os enxerga. Afinal, superar tempos difíceis e seguir em frente é uma prova de quão forte você é, certo?"

Enquanto bebem o restante do chá, os clientes refletem sobre aquelas palavras.

Penny aproveita a oportunidade para distribuir os Biscoitos para Estabilidade Mental e Física. De repente, na sala subterrânea, só se ouvem sons de biscoitos sendo mastigados e xícaras de chá batendo nos pires.

"Pensando bem, toda psicoterapia começa com a aceitação da sua mente como ela é. Ele tem razão", diz a cliente de pijama xadrez. Algumas pessoas concordam com a cabeça.

Depois dos devidos esclarecimentos, apenas metade deles pede para cancelar a compra.

"Entendo seu ponto. Podemos rescindir o seu contrato, sem problemas."

"Sinto muito. Sei que eu mesma o assinei, mas prefiro deixar meu trauma no passado."

"Não se preocupe. Se você mudar de opinião, por favor, nos procure a qualquer momento."

Os clientes que cancelam a compra saem correndo dali para voltar a dormir. A outra metade que decide manter o contrato se conforta de maneira resoluta.

"Vamos em frente, pessoal. Chega de sonhos com alistamento no ano que vem!"

"Sem dúvida! E não vejo a hora de me formar nesses sonhos com o ensino médio também. Quer dizer que, se eu sentir emoções positivas logo após o sonho, estarei pronta para seguir com minha vida?"

"Isso mesmo! Sei que não é nada fácil", responde DallerGut, pondo-se em pé. "Mas, por favor, lembrem-se: vocês são mais fortes do que pensam. Vocês conquistaram e superaram mais coisas do que imaginam. Quando perceberem isso, a vida ficará muito melhor que antes. Este é meu pequeno presente para vocês, por sua escolha de ir em frente com sua resolução."

DallerGut pega um frasco de perfume, tão pequeno que quase some na palma da mão, e começa a borrifar nas mangas do pijama dos clientes. Um aroma sutil de floresta durante o verão se espalha pelo ambiente.

"O que é isso?", pergunta a cliente de pijama xadrez, cheirando o pulso. "Tem uma fragrância incrível."

"Ele ajuda a organizar os pensamentos na direção certa. Não é um impacto drástico, mas com certeza faz bastante diferença. Eu também uso, às vezes. Sempre que se sentirem ansiosos, venham até aqui para ganhar uma borrifada deste perfume. E, claro, sintam-se livres para pedir o cancelamento de seus contratos a qualquer momento, como os outros fizeram."

Com os clientes de volta ao primeiro piso, DallerGut e Penny ficam para trás para recolher as xícaras da mesa.

"Sr. DallerGut, e se todos eles quiserem cancelar o contrato? O prejuízo vai ser enorme, tanto para nós como para o produtor."

"Esperamos que isso não aconteça."

"Como assim? Você está dizendo que não existe um plano B?"

"É impressionante que metade desses clientes tenha decidido manter o contrato, não acha? Tenho certeza de que esse sonho trará ótimos resultados para todos eles", diz DallerGut, irradiando confiança.

Depois da ida à loja, o homem continuou a sonhar com o seu realistamento no Exército. Isso o deixava em pânico todas as vezes, mas ele logo percebe que não precisa se deixar afetar tanto por algo tão insignificante quanto um sonho. No fim das contas, a grande verdade é que ele estava de fato dispensado do serviço militar.

Então, na próxima vez que acorda desse sonho, ele começa a rir.

"Eu sobrevivi aos militares. Sou capaz de qualquer coisa!"

Isso faz com que ele se lembre do dia em que foi dispensado. Quando retomou a vida depois do Exército, estava com as ideias um pouco bagunçadas. Agora, ele percebe que, ao superar o sonho, seu trauma não é mais um trauma, mas uma conquista.

Nesse instante, o pagamento do homem chega à Grande Loja de Sonhos DallerGut. Essa foi a última vez que ele sonhou com o alistamento.

Como a mulher continuou sonhando com as provas escolares, apesar de nunca mais ter feito provas como aquelas na vida real, ela enfim pôde entender que nunca superou totalmente a pressão sofrida naquele período.

Ela também percebeu que era muito dura nos prazos que atribuía para si mesma – não só no trabalho, mas também em áreas da vida que não costumam seguir cronogramas à risca, como casamento e maternidade.

Numa manhã chuvosa, depois sonhar com provas por três dias seguidos, a mulher decide que não vai mais ficar à mercê de seu inconsciente. Depois de se sentar numa posição confortável perto da janela, ouvindo a chuva cair lá fora, ela fecha os olhos e se concentra nos momentos em que se saiu bem nas provas, em vez de focalizar apenas a pressão que sofria com essas avaliações.

"Tenho orgulho de mim mesma pelas coisas que conquistei. Eu me saí muito bem até agora e continuarei tendo êxito em tudo o que eu decidir fazer." A crença incondicional em si mesma e o alívio da pressão possibilitam que ela enxergue todo o seu potencial, e era exatamente disso que ela precisava.

Nesse instante, o pagamento da mulher chega à Grande Loja de Sonhos DallerGut. Ela já não se assusta mais com sonhos envolvendo provas escolares. E, com o passar do tempo, ela esquece completamente que um dia sonhou com isso.

Ding-Dong!
Uma grande quantia de Confiança foi paga por Sonho para Superar o Trauma.
Uma grande quantia de Autoestima foi paga por Sonho para Superar o Trauma.

"Os pagamentos estão chegando, finalmente." DallerGut verifica com calma os pop-ups de notificação, um de cada vez, no monitor. "A propósito, Penny, mais tarde vou ao escritório de Maxim para entregar a parte dele. Quer ir comigo? Não estamos com muito movimento hoje, então Weather deve dar conta de cobrir o primeiro piso. Certo, Weather?"

"Se você me trouxer um choux cream na volta, por que não?", diz a sra. Weather sem hesitar.

"Penny, o que me diz? Maxim é uma pessoa sociável, só não gosta muito de sair. Mas ele vai adorar nos ver se formos até lá."

"Bem... Tudo bem por mim", ela responde, um tanto relutante.

Durante o trajeto até o estúdio de Maxim, Penny não consegue se desvencilhar das preocupações. Ela começa a andar bem devagar de propósito, tentando adiar o encontro com o produtor. Penny já ouviu muita coisa sobre ele. É claro que nem sempre conseguiu checar se todos aqueles rumores assustadores eram mesmo verdade, mas ela sabe que pelo menos um deles é: em sua oficina de produção, localizada no beco aos fundos da loja, Maxim cria sonhos de arrepiar os cabelos numa sala escura, com cortinas que bloqueiam qualquer feixe de luz.

O incidente com o Sonho para Superar o Trauma revela que as criações de Maxim nem sempre são sombrias, mas ainda assim a ideia de estar perto de alguém como ele deixa Penny um pouco desconfortável.

"Ande logo, Penny." DallerGut olha para trás, andando bem à frente dela.

"Sim, sr. DallerGut. Estou indo!" Penny cede e acelera o passo.

A fachada da oficina de Maxim destoa das lojas ao redor. Em frente à entrada, há folhas secas espalhadas e pequenos montes de lixo acumulado. Uma janela grande, totalmente coberta por uma cortina blackout, completa a atmosfera sombria do lugar.

DallerGut sobe os degraus e bate de leve na porta.

"Oi, Maxim! Você está aí?"

Para a surpresa de Penny, um jovem educado e de aparência absolutamente comum os recebe.

"Olá, DallerGut! O que o traz a meu humilde local de trabalho?"

Vestindo camiseta de manga curta e calça jeans rasgada sob o avental de trabalho preto, Maxim, além de ser alto, é esguio em todos os seus ângulos, com ombros largos e mãos e pernas alongadas. Só que ele está muito curvado, como se o piso ali tivesse uma inclinação de mais ou menos quinze graus. Observando os passos instáveis dele enquanto os guia oficina adentro, Penny é tomada por um pensamento assustador: talvez ele tenha tido a coluna completamente quebrada e depois recolocada.

Os três se sentam ao redor da mesa de trabalho de Maxim, organizada às pressas diante das visitas. DallerGut saboreia alguns figos em calda de vinho tinto que Maxim ofereceu. Já Penny acha os figos à sua frente assustadores: são vermelho-escuros como sangue, talvez devido à iluminação baixíssima da oficina ou ao seu próprio estado de espírito. Ela nem se atreve a experimentar.

"Desculpe, mas podemos acender um pouco a luz? Está escuro demais. Ou que tal abrirmos as cortinas? O dia está lindo hoje", sugere Penny, em parte porque aquele breu a apavora, mas também porque quer ter uma visão melhor da oficina de Maxim.

"Sinto muito, mas os sonhos que estou desenvolvendo vão ficar desfocados se forem expostos à luz. Minhas criações precisam ser muito vívidas e nítidas. A magia se perde se as pessoas percebem que estão sonhando, sabe? Espero que você entenda."

"Claro, faz todo o sentido." Penny se dá conta de que acabou de cometer uma gafe e tenta compensar, colocando um pedaço de figo na boca. Para a sua surpresa, a fruta é muito doce e macia.

"Aqui estão os seus pagamentos." DallerGut tira do bolso um envelope grosso.

"Nossa! Eles chegaram mais rápido do que o esperado. Clientes perseverantes esses, hein? Espere aí. Tem dedo seu nisso, não é, DallerGut?"

"Claro que não. O mérito é todo de nossos clientes, que reconheceram, com garra e sabedoria, o verdadeiro potencial dos seus sonhos."

"Obrigado por me dar essa oportunidade. Nunca pensei que as pessoas gostariam de sonhos tão desagradáveis."

"Eu é que agradeço! Admiro seu compromisso em ser fiel ao que acredita. O mundo precisa dos sonhos que você cria."

Está escuro demais para ter certeza, mas Penny acha que Maxim, com os lábios levemente franzidos e os olhos mareados, está emocionado.

"Faz bem para o ego ouvir isso. Mas sabe como é... Esse ramo faz com que você duvide de si mesmo. Todo mundo tem lembranças ruins, que prefere deixar no passado. E há quem escolha viver assim, sabe? Deixando tudo no passado. Às vezes me pergunto se existe algum sentido nisso que estou fazendo... Esses pensamentos me assombram com frequência", confessa Maxim.

DallerGut está pensativo. Deve estar escolhendo cuidadosamente as palavras antes de responder.

Maxim não parece assustador como Penny achou que ele seria. Sem medo de soar inconveninte, ela não hesita em participar da conversa.

"Então, por que não ir direto ao ponto? Você poderia criar sonhos que mostram às pessoas suas conquistas ou seus momentos mais felizes", ela sugere, ingenuamente.

"Você é boa em quebrar o gelo, hein?" Maxim parece gostar da ideia de Penny.

"As pessoas com certeza vão adorar! Fora que será muito mais fácil receber pagamentos também!"

"Está falando isso por minha causa?" Maxim aponta seu dedo indicador fino e alongado para si mesmo, ou melhor, para o seu modesto avental preto.

Por um momento, Penny fica preocupada, achando que ele pode ter se ofendido com seu comentário sobre dinheiro. Mas, ao olhar o rosto dele com mais atenção, percebe que ele está brincando.

"Penny, você sabe o que diferencia um sonho bom de um sonho comum?", pergunta DallerGut.

"Humm... Tenho quase certeza de que você já me falou isso antes." Penny tenta se lembrar em detalhes de todas as coisas que DallerGut lhe disse. Maxim encara seu rosto inquieto.

"Você disse que o valor de um sonho depende do cliente... Ah, foi isso mesmo! A diferença entre um sonho bom e um sonho comum depende de os clientes perceberem isso sozinhos. A questão é que eles precisam aprender as lições por si sós, sem que a gente interfira. É isso que torna um sonho bom."

"Isso mesmo! Superar as dificuldades do passado é o que faz as pessoas serem quem são. Sobreviventes. Heróis. Nosso trabalho é permitir que eles descubram isso por conta própria."

"Sim, e é por isso que vendemos sonhos. No fim das contas, tudo depende do cliente. Não é?"

"DallerGut, você com certeza está cercado de pessoas talentosas", diz Maxim, abrindo um sorriso tão iluminado quanto a luz do sol lá fora.

5. REUNIÃO GERAL DOS PRODUTORES DE SONHOS

A Grande Loja de Sonhos DallerGut está com pouco movimento hoje. Os clientes fazem compras sem pressa, e DallerGut perambula pelo saguão com uma cesta de lanches debaixo do braço, distribuindo Doces do Sono Profundo para aqueles que saem sem comprar nada.

"Posso pegar mais um?", pergunta uma cliente vestida com uma camisola de renda dourada, estendendo a mão.

"Você estará de folga amanhã?"

"Não, amanhã eu também trabalho."

"Então um só basta. Vai perder a hora se comer dois."

A cliente parece deprimida ao lembrar que precisa trabalhar no dia seguinte e sai da loja com os ombros caídos.

O dia de trabalho de Penny está sendo bem tranquilo. Ela passou um bom tempo limpando as balanças de pálpebras e, agora que seu turno se aproxima do fim, está sentada na recepção com o olhar perdido. Ao lado dela, a sra. Weather escreve algo em seu bloco de notas e depois apaga, repetindo isso de novo e de novo.

O relógio de pêndulo no saguão marca 17h50.

"Weather, você pode começar a se preparar? Reservei um táxi para as seis horas, e ele chegará aqui a qualquer momento."

DallerGut se aproxima da recepção com a cesta de lanches vazia.

"Nossa, já está na hora? Ainda não decidi os itens da decoração de Natal. Estava planejando encomendá-los hoje..." A sra. Weather parece impaciente.

"Vocês dois vão a algum lugar? Que história é essa de decoração de Natal? Estamos bem longe do fim do ano", diz Penny, reflexiva.

"Você nem imagina! Só tem uma loja de decoração nesta rua. Se fizermos o pedido muito tarde, só vão sobrar os enfeites que ninguém quer ou os que estão detonados. No ano passado, comprei uma árvore cheia de terra, que parecia ter sido cortada de qualquer jeito, e gastei quase cem gordons. Nunca vou me esquecer: sempre que Motail passava pela árvore, ele brincava dizendo que eu tinha decorado uma tora para lenha", murmura a sra. Weather, sem tirar os olhos do bloco de notas.

"Mas para onde vocês dois estão indo que precisam chamar um táxi?"

Como se estivesse com pressa, a sra. Weather pega um pedaço de papel amassado na recepção e o entrega a Penny.

Ela alisa o papel e começa a ler.

– Aviso de reunião geral –
Caros produtores e vendedores de sonhos,
A reunião geral deste ano acontecerá na casa de Nicholas, localizada no pé da Montanha de Neve de Um Milhão de Anos, no lado norte. O tema deste ano é "Como lidar com o número crescente de não comparecimento dos clientes". Pedimos sinceramente que todos os membros compareçam.

Atenciosamente,
Nicholas, presidente da Associação dos Trabalhadores da Indústria de Sonhos

"DallerGut foi convidado e tem direito a um acompanhante. É uma oportunidade única de conhecer pessoalmente alguns produtores famosos. Mas confesso que estou um pouco cansada disso...", diz a sra. Weather, soando indiferente.

"Que tal o gerente Myers? Ele ama tanto os sonhos, aposto que adoraria conhecer os produtores."

"Não necessariamente. Myers adora os sonhos, mas tem muitos... ressentimentos em relação aos produtores." A sra. Weather abaixa o volume da voz. "Ele é meio invejoso. Por algum motivo, foi expulso da faculdade alguns dias antes da formatura. Se tivesse se formado, talvez fosse longe na carreira de produtor de sonhos. Mas ele aparentemente ainda guarda rancor, então é melhor não mencionar os produtores quando estiver perto dele."

A sra. Weather parece rabiscar uma lista de compras: "30 metros de faixa decorativa de Natal", "30 rolos de fita de cetim", "1000 bolinhas natalinas" e "3 pares de chifres de rena falsos".

"Weather, se você estiver ocupada, posso ir sozinho", diz DallerGut de forma direta.

"Tem certeza?" A sra. Weather não esconde sua alegria.

"Claro. Vai ser ótimo ser o esquisitão sozinho comendo sem parar em uma sala cheia de produtores de sonhos."

O sorriso da sra. Weather desaparece imediatamente.

"Posso ir? Não tenho nada para fazer depois do trabalho." Penny interrompe, e ela está falando sério. Não está só tentando ser legal. Tem interesse genuíno em participar de um evento como esse.

"Você iria?" Os dois sorriem, cheios de satisfação.

"Vou pegar meu casaco. Só um segundo!", diz DallerGut.

Agora a sra. Weather parece mais tranquila, e até cantarola uma antiga canção de Natal, acrescentando "pisca-pisca para árvore de Natal" em seu bloco de notas.

"Eu não tinha ideia de que a decoração natalina fazia parte do nosso trabalho na recepção." Penny faz uma nota mental de pegar algumas dicas com a sra. Weather e se preparar com antecedência para a temporada do próximo ano.

"Oficialmente, não é responsabilidade de ninguém, mas eu gosto desse tipo de trabalho. Quando engravidei do meu caçula, me vi perdida em uma maratona de compras para decorar o quarto do bebê e, quando percebi, já estava no último mês de gestação! Pensando bem, essa responsabilidade era de Myers antes de se tornar minha."

"Vigo Myers cuidava das decorações de Natal?"

"Foi só por um ano. Ele chamava a atenção do pessoal se os galhos da árvore não estivessem simétricos ou se visse muitos flocos de neve decorativos caídos no chão... Um tormento! Claro, a equipe do segundo piso, toda certinha, ficava animadíssima, mas para os outros era uma loucura. Então, para o bem maior, resolvi assumir eu mesma, porque adoro fazer compras. Enfim, vou fazer o pedido hoje para recebermos tudo com antecedência e ficarmos tranquilos. Isso é muito importante para mim." A sra. Weather parece genuinamente empolgada.

DallerGut aparece vestindo um casaco marrom. Nos pés, calça galochas azuis, que destoam totalmente da parte de cima da roupa.

"Hum, DallerGut... Gosto bem mais dos sapatos que você estava usando antes."

Nesse momento, o táxi chega, soando duas buzinadas breves.

"Vamos?", pergunta DallerGut.

"Olá, sr. DallerGut. É uma honra servi-los hoje", diz um jovem taxista ao tirar o chapéu e estender a mão.

"Quanta gentileza! Obrigado por chegar no horário combinado." DallerGut não percebe a mão estendida, distraído com as próprias botas, que parecem pequenas demais para ele. Sentindo-se constrangido, o motorista aumenta o volume do rádio com a mão rejeitada e começa a dirigir.

O táxi se move lentamente pelo centro da cidade. DallerGut olha pela janela em silêncio. Penny, por ter comido pouco no almoço, sente um pouco de fome. Seu estômago ronca algumas vezes, mas por sorte o som é abafado pelo rádio.

"A propósito, posso mesmo ir? Achei que só os VIPs eram convidados para a reunião geral... Ao contrário da sra. Weather, que é uma funcionária antiga, sou apenas uma novata que ninguém conhece."

"Não se preocupe. Antes, a reunião geral costumava ser uma reunião de alto escalão para discutir e resolver questões importantes da indústria dos sonhos. Hoje, é só um jantar tranquilo. É melhor assim. Um ambiente leve e casual abre espaço para discussões mais produtivas e amplas."

"Mas eu vi o convite oficial, e a agenda não parece leve desta vez."

"Você está se referindo à questão do não comparecimento dos clientes?"

"Sim. É sobre os clientes que encomendam seus sonhos com antecedência, mas não conseguem pegá-los a tempo porque não dormem a tempo, certo? Estou sabendo."

"De fato, não é uma questão leve. E o problema é ainda maior para quem usa o sistema de pagamento posteriormente ao uso do sonho."

"Isso afetaria os negócios da loja?" Penny está preocupada que o trabalho que ela tanto se esforçou para conseguir esteja em risco.

"Não a ponto de quebrar a empresa. Esse problema existe desde que me entendo por gente. Vamos torcer para que haja ótimas ideias na reunião de hoje."

Pela janela do carro, Penny vê a oficina monótona de Maxim à direita.

"Maxim vai estar lá também?", ela pergunta.

"Não sei. Ele está sempre trabalhando em suas criações e não costuma ir a esses eventos. Você gostaria de encontrá-lo lá?"

"Ah... Eu me sentiria mais à vontade perto de rostos conhecidos", diz Penny, brincando com uma mecha de cabelo que está solta.

Depois de o carro virar em um beco, as ruas ficam muito mais desertas. Após um longo trecho numa pista expressa, há uma mudança brusca na paisagem: estão ao pé da Montanha de Neve de Um Milhão de Anos, coberta de branco.

"Receio que, a partir deste ponto, vocês tenham que continuar a pé. Os carros só são permitidos até aqui", diz o motorista, falando pela primeira vez depois de uma viagem longa e silenciosa.

As botas de cano curto de Penny não são adequadas para o trajeto até a cabana de Nicholas. Suas pernas afundam na neve. Ao ver como DallerGut caminha tranquilamente em suas galochas, ela o acha bastante insensível por não ter mencionado isso.

"Chegamos! Esta é a cabana de Nicholas." DallerGut faz uma pausa.

Atrás de uma fileira de árvores gigantescas, emerge uma cabana – parece uma mansão, na verdade. Ela está toda decorada com enfeites prateados, que brilham mais do que a neve ao redor.

"Como é possível que a gente não tenha visto esta casa lá da aldeia?"

"Quando a casa está mais branca que a neve, é invisível à luz do sol. Não me canso dessa vista!"

"Não deve ser fácil sair de casa morando aqui."

"Nicholas nunca sai de casa, então esse não é um grande problema para ele. Exceto no inverno."

Penny franze a testa quando começa a sentir as meias encharcadas pela neve que derrete. Quando chegam à cabana, um senhor, que parece pelo menos vinte anos mais velho que DallerGut, abre a porta e pula para fora.

"DallerGut!" O homem recebe DallerGut com um aperto de mão entusiasmado. Seu cabelo e suas sobrancelhas são prateados como a neve.

"Nicholas! Como você está?" DallerGut retribui o cumprimento caloroso.

"Você, como sempre, é o primeiro a chegar! Esses produtores de sonhos odeiam quando seus clientes se atrasam, mas olhe só para eles...", diz Nicholas, com um muxoxo de desaprovação.

"Esta é a sua nova funcionária? Veio no lugar de Weather, presumo."

"Sim. Esta é Penny. Penny, conheça Nicholas, anfitrião e dono da casa."

"Muito prazer, Nicholas. Trabalho na Grande Loja de Sonhos DallerGut desde o início do ano."

"Prazer em conhecê-la, Penny. Imagino que você já tenha ouvido falar de mim."

Penny nunca ouviu falar de Nicholas. Quando leu o nome dele no convite, pensou que fosse apenas um funcionário da associação. Meio sem jeito, ela sorri para ele de modo casual, tentando esconder sua expressão de "eu não sei nada sobre você".

"Rápido, entre antes que seus pés congelem por causa dessas meias úmidas!"

Penny olha hesitante para DallerGut e Nicholas antes de tirar as meias molhadas. Ela desata as botas com as abas dobradas para fora e entra desajeitada.

"Por favor, esperem aqui. Vou trazer a comida. O ponto das costelas está perfeito! Acabei de comprar um forno top de linha. Tem também bastante vinho para harmonizar com a carne."

Nicholas leva os dois direto para a sala de estar próxima à cozinha. Atrás de uma mesa de jantar comprida, uma gigantesca janela revela uma paisagem coberta de neve. A mesa está decorada com flores do campo e cordões de luzinhas, e um pinheiro consideravelmente grande parece não se encaixar na cozinha. Estranhamente, tudo parece combinar.

Aquela seria uma ótima referência para a decoração natalina da sra. Weather, caso ela estivesse aqui. Penny estuda a possibilidade de, ao menos, tirar algumas fotos.

"DallerGut, que tipo de sonhos o nosso anfitrião cria? Para ser sincera, nunca ouvi falar de um produtor de sonhos chamado Nicholas."

"É verdade. O nome verdadeiro dele pode não soar tão familiar. Quer tentar adivinhar, agora que deu uma boa olhada neste lugar?"

"Humm... Acho que ele cria sonhos sobre contos de fadas. Um vovozinho que mora na Montanha de Neve de Um Milhão de Anos, numa cabana toda iluminada e bem decorada... Um banquete... Este lugar me lembra o Natal!"

"Então você acertou!"

"Como?"

"Não dá para pensar em Natal sem pensar em Nicholas, e vice-versa. Eles são um par indissociável."

DallerGut encara Penny, como se dissesse "de quantas dicas mais você precisa? Basicamente já contei tudo". Graças a isso, Penny logo chega a uma conclusão.

"Ele é o Papai Noel?"

"Sim. Costumamos chamá-lo de Nicholas."

Papai Noel é um produtor de sonhos famoso, cujas habilidades estão no mesmo nível dos cinco produtores lendários – Yasnooze Otra, Kick Slumber, Wawa Sleepland, Dozé e Aganap Coco. Mas, como insiste em trabalhar apenas durante o inverno, ele é conhecido por vender seus sonhos apenas no Natal.

O fato de ele ter uma vida tão luxuosa trabalhando apenas na época do Natal é uma prova de seu enorme talento.

"Nicholas não está em busca da fama. Ele é só um velhinho com gostos simples, que adora a época do Natal e as crianças. Ah, e isto aqui também." DallerGut ergue um garfo prateado sofisticado e sorri.

Para Penny, Nicholas parece ter encontrado o equilíbrio perfeito entre trabalho e vida pessoal. Uma vida a que vale a pena aspirar.

Depois de fazer bastante barulho na cozinha, o anfitrião aparece carregando uma grande cesta de aperitivos numa mão e pão e salada de frutas na outra. Penny e DallerGut se levantam para ajudá-lo a pôr a mesa.

Olhando mais de perto, Nicholas não tem apenas o cabelo prateado. Sua barba curta também é prateada.

Quando a mesa está toda posta, as pessoas finalmente começam a aparecer. A primeira a chegar depois de Penny e DallerGut é Aganap Coco, a produtora de Sonhos Premonitórios. Logo em seguida, Maxim. Em vez de sua comitiva habitual, Coco parece ter escolhido Maxim para acompanhá-la ao evento de hoje.

Os dois também entram com os sapatos encharcados de neve. Há um contraste impressionante entre o físico grande de Maxim e o corpo minúsculo de Coco. Estranhamente, porém, eles parecem exalar a mesma energia.

Será que todos esses produtores veteranos compartilham de uma mesma energia? Penny se lembra de ter sentido essa mesma aura em torno de DallerGut quando o viu pela primeira vez. Ela se dá conta de como é emocionante estar entre celebridades tão extraordinárias. Isso a faz se sentir como se fosse um deles. Numa noite como essa, é preciso mergulhar de cabeça.

"Olá!" Penny cumprimenta Coco num tom bem mais animado do que de costume.

"Olha só, um rostinho novo no lugar de Weather! Você se parece com aquela mocinha adorável que vi na loja dos sonhos quando levei meu lote pela última vez." Coco surpreendentemente se lembra dela.

"Penny, que bom ver você por aqui." Quando Maxim a cumprimenta, Penny perbece que ele está com lágrimas nos olhos. Embora saiba que isso não é verdade, por um segundo ela se diverte ao pensar que Maxim está emocionado em vê-la. As lágrimas agora escorrem pelo rosto dele.

"Ah, fico assim porque a casa de Nicholas é muito brilhante para os meus olhos. A propósito, Penny, depois que você visitou minha oficina, mudei as cortinas pretas para chumbo. Você comentou que estava muito escuro..."

"É mesmo? Chumbo?"

"Sim. Com a cor cinza, o bloqueio da luz do sol é três por centro menor comparado à cor preta."

"Uau..." Penny não sabe o que dizer, então apenas olha para Maxim, que parece tímido como um garoto gigante esperando por um elogio – exceto pelo fato de que, pela sua cara, parecia ter acabado de acordar de um pesadelo.

"Por que você não coloca uns óculos escuros, garoto?", sugere Nicholas com um par de óculos na mão, batendo no ombro de Maxim. "Agora pare de fazer sonhos sombrios e vá ser feliz, está bem? Você ainda é jovem."

Com uma naturalidade surpreendente, como se já tivesse feito aquilo outras vezes, Maxim aceita os óculos escuros de Nicholas.

"As pessoas em geral preferem ignorar os perigos do mundo. Cobertores macios, refeições gostosas e um lar seguro... tudo isso um dia pode acabar. Eu só quero que as pessoas sejam fortes", diz Maxim solenemente, usando os óculos modelo aviador.

"Apesar de não fazer muito seu estilo, você vê problema em tudo, garoto. Isso é coisa da sua cabeça. Até onde eu sei, o mundo está cheio de sentimentos muito mais assustadores: inveja, complexo de inferioridade... Isso é bem pior do que ser perseguido por uma fera."

"Nossa, essa é uma boa ideia para os negócios!" Maxim afirma animado.

"Desculpe interromper, mas por que não deixamos as conversas de negócios para mais tarde? Por favor, sentem-se", DallerGut intervém.

Coco se senta ao lado de Nicholas. Maxim, em vez de se sentar ao lado de Coco, reflete por um instante e escolhe a cadeira ao lado de Penny. Ela quase se perde em pensamentos tentando atribuir um significado especial àquilo, mas é difícil decifrar o rosto de Maxim com os óculos escuros.

O banquete de Nicholas, privilegiando ingredientes frescos e temperos delicados, é espetacular. Aganap Coco já está em seu segundo prato de salada de frutas.

"Isto está maravilhoso! Nada melhor do que frutas frescas."

Penny acha de bom-tom esperar que todos os convidados cheguem antes de começar a comer, mas fica difícil esperar quando sente o cheiro das costelinhas recém-saídas da cozinha.

"Por favor, coma. Não espere a comida esfriar. Ah, e fique à vontade para repetir quantas vezes quiser. Estou preparando outra fornada para os atrasados."

Assim que Nicholas autoriza, Penny pega o garfo e espeta um pedaço de carne, que mergulha em um molho especial. Quando está prestes a colocar a comida na boca, é interrompida ao ver dois rostos novos que acabam de surgir.

Tecnicamente, são rostos que Penny já conhece, mas esta é a primeira vez que ela os vê ao vivo.

Param na sua frente uma mulher de pele clara, com longos e lindos cabelos ruivos, e uma mulher de meia-idade, com corte arredondado curto e assimétrico, vestindo um casaco longo e elegante, que chega até os tornozelos.

"Wawa Sleepland e Yasnooze Otra estão bem aqui? Não consigo acreditar!" Incapaz de esconder a empolgação, Penny faz um alvoroço.

"Você chegou cedo, DallerGut. E não está com Weather desta vez", cumprimenta Wawa Sleepland, fazendo um aceno de cabeça para Penny.

"Nossa! Sou uma grande fã do seu trabalho, desde pequena! Bom, desde os meus tempos de escola, na verdade. Afinal, você estreou como produtora há menos de dez anos, certo?" Penny fala sem parar, hipnotizada pela beleza de Sleepland.

"Quanto tempo, Wawa. Você está ótima. Você também está incrível, Yasnooze." DallerGut as cumprimenta com muita naturalidade, como se as visse todos os dias.

"Sr. DallerGut, sabia que meu objetivo de vida é ter um sonho delas?", indaga Penny retoricamente.

Saboreando suas costelinhas, Wawa Sleepland, Yasnooze Otra e Aganap Coco estão sentadas lado a lado, a poucos metros de Penny, que mal consegue se concentrar na sua comida. Está ocupada demais olhando para elas. Por esse motivo, ela não percebe quando Maxim cuidadosamente gira a travessa de costela, de modo que a parte macia da carne fique voltada para ela.

"E qual sonho você mais gostaria de ter, Penny?", pergunta DallerGut em tom casual.

"Acho que... Escolheria algum de Sleepland."

"Ah, Wawa Sleepland. Ótima escolha! Os sonhos dela tão cenográficos. Já comprei um, e foi uma experiência tão incrível que eu não queria acordar. Ele era ambientado na Idade Média. Eu estava numa fortaleza, debaixo da chuva, e o céu estava brilhando acima de mim. Quanto mais eu estendia a mão para tocar a lua e as estrelas, mais elas se aproximavam de mim", diz DallerGut, em transe.

"Suponho que seja um sonho caro."

"Sim. E os de Yasnooze são mais caros ainda." DallerGut mexe o ombro na direção de Yasnooze Otra, que está tomando vinho tinto enquanto conversa com Aganap Coco. Elas perguntam uma à outra sobre a situação recente do mercado.

"Ouvi dizer que os sonhos de Yasnooze não têm preço. Muitos deles são sobre nos colocar no lugar dos outros. Existe algum sonho em particular que custe mais caro?"

"Quanto mais longos os sonhos, mais caros."

"Quanto?"

"Quanto você acha que custa viver a vida inteira de outra pessoa?"

"Isso é possível?" As sobrancelhas de Penny sobem.

"Tudo é possível em um sonho. Você trabalha nessa área e ainda não sabe?" DallerGut sorri gentilmente.

"Ei, DallerGut! Eu estava mesmo querendo passar na sua loja", diz Yasnooze Otra a distância, enquanto pega o moedor de pimenta no meio da mesa.

"Ah, está precisando de alguma coisa? Posso pedir à minha equipe que cuide disso para você. Sua agenda é lotada o ano todo."

"Não é nada. Sim, sou ocupada, mas também gosto de ter um tempo livre, sabe? De qualquer forma, produzo poucos sonhos por ano. É que eles são muito longos... Por falar nisso, quando meus produtos voltarão a ser expostos na sua loja?"

"Sinto muito, mas o seu preço está um pouco acima do nosso orçamento... Além disso, você sempre exige pagamentos adiantados", diz DallerGut sem rodeios.

"Mas é claro. Casacos lindos como este não vão ficar parados esperando que eu ganhe dinheiro suficiente para comprá-los. Eles já teriam esgotado." Otra olha na direção de seu casaco, já pendurado no cabideiro, enquanto passa os dedos pelo broche de pedraria preso à sua blusa.

"E o que acha de vender meus novos curtas-metragens, então? É um bom meio-termo."

"Seria uma honra."

Enquanto enche o prato de pimenta, Otra pisca para Daller-Gut e Penny. Por fim, completa sua taça com o vinho caro que Nicholas serviu e faz cara de satisfeita.

"Cadê Bancho, hein? Ele é viciado em trabalho. Deve estar criando alguma coisa que vai valer uma bolada. Ou então se empolgou tanto alimentando animais selvagens que perdeu a noção do tempo...", comenta o anfitrião, contando o número de convidados ilustres que ainda não chegaram.

"Au, au, au!"

Nicholas é interrompido pelo som de latidos.

"Olá, pessoal! Me desculpem pelo atraso!", grita Bancho.

"Falando no diabo...", brinca Nicholas.

O convidado entra com os sapatos molhados nas mãos, seguido por cães grandes como lobos farejando suas meias encharcadas.

"O inverno chega tão rápido nas montanhas. Como já está fazendo muito frio, me atrasei tentando me preparar melhor para ele. Tive que cortar lenha e consertar as camas para esta gangue, sabe?"

O homem, jovem e de aparência discreta, tira a jaqueta desbotada para pendurar no cabide e se senta próximo à porta.

"Bancho, venha aqui para perto da lareira. Você vai pegar um resfriado assim", oferece DallerGut, prestativo.

Penny continua sem acreditar que está testemunhando o encontro de todos esses produtores de sonhos ao mesmo tempo. Por um instante, seus olhos encontram os de Bancho. Ela ri, tentando disfarçar, mas, para a sua surpresa, Bancho gentilmente inicia uma conversa.

"Olá! Prazer em conhecê-la. Você deve estar aqui com o Daller-Gut. Sempre me sinto mal por não poder visitar a loja dele com frequência... Raramente saio das montanhas, porque tenho muitos amigos animais para cuidar. Ah, é... Meu nome é Animora Bancho. Eu crio sonhos para animais. Acredito que estejam disponíveis na Grande Loja de Sonhos DallerGut, no quarto piso. Devo muito ao sr. Speedo."

O modo gentil como ele se apresenta faz com que Penny se sinta à vontade.

"Olá, eu sou Penny. Trabalho na Grande Loja de Sonhos DallerGut. Temos muitos clientes peludos adoráveis, tudo graças aos seus sonhos. Devemos muito a você!"

Como as emoções dos animais são muito mais sutis que as dos seres humanos, poucas lojas de sonhos se dedicam a esse público. Mas DallerGut sempre compra os sonhos de Bancho em atacado. "DallerGut deve ter uma enorme consideração por Bancho", pensa Penny.

Bancho presta muita atenção ao rosnado de seus cães, como se estivesse se comunicando com eles. Ele então acena para Nicholas para agradecê-lo pela comida e corta a parte mais magra da carne para distribuir primeiro aos cachorros. Ele limpa a faca suja de carne na camiseta surrada que parece um trapo.

Ao ver a cena, Nicholas repreende Bancho: "Entendo a sua boa inteção ao renunciar ao dinheiro, mas você deveria pelo menos tentar manter um mínimo de dignidade. Que tal se livrar dessas roupas velhas e comprar novas? Como você vai criar sonhos bons se está passando tanto aperto? Os sonhos servem para viver fantasias que não existem na realidade. Sonho e fantasia, você sabe, sempre andam de mãos dadas. E não dá para ter sonhos fantasiosos quando se está apertado de dinheiro".

"Estou bem. Tudo de que eu preciso está nas montanhas, e estes carinhas aqui nunca me deixam entediado. Eu raramente gasto dinheiro. Sempre foi meu sonho viver dessa forma."

Bancho diz isso com sinceridade. Ele de fato parece muito pobre em comparação a todos os outros produtores elegantes e glamorosos sentados ali.

A conversa continua por um tempo, mas é interrompida por um som de vidro quebrando. Um enxame de criaturas brilhantes está se debatendo contra o vidro da janela.

"Parece que elas chegaram", Nicholas murmura enquanto abre a janela da cozinha, deixando as minúsculas criaturas de asas prateadas entrarem.

Em vez de se sentar nas cadeiras, uma dúzia de fadas Leprechaun se reúne em torno da cesta de pão no centro da mesa de jantar com as asas recolhidas.

"Nicholas, você poderia cortar a comida em pedaços pequenos para nós?", pergunta, com voz estridente, uma fada gordinha que parece ser a líder do grupo. Ela está lutando com um pedaço de pão maior que seu corpo.

"Que atrevida! Eu já disse para você não me chamar pelo meu nome quando estou trabalhando. Aqui é Papai Noel. Lembra?"

"Mas você quase não trabalha, Nicholas. Só no Natal." Aganap Coco ri.

"Tenho que trabalhar vinte e quatro horas por dia, sete dias por semana, todos os dias do ano para estudar o gosto de cada criança e deixar seus sonhos prontos antes da noite de Natal. Você já viu como meus sonhos são caprichosos? Vocês todos devem achar que fico aqui nas montanhas sem fazer nada, não é?", Nicholas desabafa.

"Ei, Nicholas! Agora que todos estão aqui, por que não começamos a reunião?", pressiona DallerGut.

"Kick Slumber ainda não chegou. A estrada está ruim, então pode ser que ele demore... Não é melhor esperar um pouco?", sugere Nicholas.

"Na verdade, ele não vem hoje", esclarece Wawa Sleepland, elegantemente espalhando manteiga de mel numa fatia de pão. "Ele está fazendo pesquisa de campo nos desfiladeiros de Kamnik para usar como referência para uma produção."

"Tão longe assim? Agora entendo por que não consegui falar com ele." Nicholas parece desapontado.
"Como você sabe disso, Wawa?", pergunta Yasnooze, genuinamente curiosa.
"Bom... Vi uma foto dele nas redes sociais. Os fãs ficam postando cada passo que ele dá", responde Wawa Sleepland de forma vaga, com o rosto corado.
"A propósito, Dozé não está aqui este ano, de novo." "Ele nunca vem a eventos como este. Deve estar treinando em algum lugar bem distante", diz Yasnooze, abrindo uma nova garrafa de vinho.
"Bom, então vamos ao nosso tópico principal", diz Nicholas, levantando-se. "Por que não discutimos primeiro o tamanho do rombo devido aos não comparecimentos no mês passado?"
"Perdemos quinze por cento do nosso lucro. Estava em contrato que não receberíamos pagamentos pelos sonhos não vendidos por não comparecimento", diz a líder das fadas Leprechaun, mastigando um pedaço de queijo que divide com outras cinco companheiras.
"Na verdade, o que isso tem a ver com os grandes produtores de sonhos? Todos os produtos no primeiro piso da Grande Loja de Sonhos DallerGut esgotam rapidamente. Nós, produtores independentes, é que pagamos o pato", resmunga uma fada de blusa rosa bufante.
"Não é bem assim! Muitos clientes também não aceitam sequer meus sonhos premonitórios de concepção. DallerGut, conte a elas o que aconteceu com aquele último sonho que eu deixei na sua loja", rebate Aganap Coco.
"Então... Teve um casal que não veio atrás do seu sonho premonitório de concepção por duas semanas." DallerGut refresca a memória. "Tentamos enviá-lo para seus amigos ou pais, mas nem eles apareceram. Acabamos dando para a irmã da melhor amiga da esposa, que imagino que deve ter ficado intrigada, pois não via o casal há muito tempo, além de ser solteira. Mas não tive escolha. O prazo estava quase no fim."
"Mas você é rica, Coco. Para produtores menores como nós, o dano é irreparável", resmunga a fada líder. Ela tem um relógio de ouro no pulso.

"Já disse que vocês precisam melhorar o marketing", tagarela Nicholas. "Nós, Papais Noéis, sempre espalhamos boatos. Um dos mais conhecidos é: Papai Noel Não Dá Presentes para Crianças que Dormem Tarde. Contar histórias é a base de um bom marketing! As crianças de hoje em dia são loucas por boas histórias. Entregar presentes enquanto as crianças dormem... que ideia fantástica nossos ancestrais tiveram!" Ele balança os ombros com orgulho.

"E, graças a esse boato, os pobres dos pais estão sofrendo as consequências, correndo para comprar presentes a tempo. E quem inventou a história de pendurar meias? Todo mundo agora tem que dormir com meias fedidas ao lado da cama!", Aganap Coco repreende Nicholas. Ela parece ainda mais sensibilizada quando o assunto envolve pais e filhos.

"Bom, tecnicamente não é um boato. Nós de fato entregamos os presentes quando eles estão dormindo!", diz Nicholas, tentando se defender. "É que nossos presentes são bons sonhos, não carros de controle remoto. E, se você já tivesse visto as meias dos Noctilucas, saberia que a parte do tornozelo é bem longa, perfeita para usar como alça depois de colocar coisas dentro. E ela estica muito bem..." Nicholas percebe que está divagando, então muda de assunto depressa. "De todo modo, para irmos direto ao ponto, gostaria de sugerir que os vendedores assumissem parte do prejuízo causado pelo não comparecimento."

De repente, a atenção de todos se volta para DallerGut. Penny também o encara, com os olhos bem abertos.

"Nicholas, acho que este não é o lugar certo para discutir essa sugestão, já que sou o único vendedor aqui", responde DallerGut, firme. "Para discutir multas e taxas para os vendedores, precisaríamos reunir todos os representantes do setor, e posso garantir que essa discussão levaria a noite toda. Para a noite de hoje, não seria melhor encontrar a raiz do problema?" DallerGut evita, de forma diplomática, uma pergunta difícil.

"Concordo. É um exagero pedir aos vendedores que se responsabilizem pelo não comparecimento apenas para reduzir os danos dos produtores." Wawa Sleepland defende DallerGut. "Precisamos manter nossa respeitosa parceria entre produtores e vendedores, independentemente de lucro."

"E, na opinião de vocês, qual é a razão para o não comparecimento? Meu negócio é sazonal, então não sei dizer." Nicholas está genuinamente curioso.

"Não é tão simples. Os não comparecimentos estão ligados a questões pessoais complexas e aos grandes eventos mundiais", responde a fada mais inteligente do grupo. Penny, num primeiro momento, acha estranho que criaturas minúsculas tenham vozes tão altas, mas, quando olha mais de perto, percebe que cada uma delas está usando um minimicrofone sem fio.

"Deveria ser do conhecimento de todos nós que, quando os clientes estão enfrentando problemas pessoais, eles não vêm buscar sonhos até o amanhecer."

Todos concordam com a cabeça ao mesmo tempo.

"E, fora as questões pessoais, digamos que esteja acontecendo a Copa do Mundo na Europa. Nossa, não digam que não sabiam sobre a Copa do Mundo... Espero que os produtores aqui estudem ao menos o básico sobre os seus clientes", diz a fada, soando um pouco arrogante.

"A questão é que todo mundo na Ásia vai ficar acordado a noite toda para assistir aos jogos que estão acontecendo na Europa, entendem? E o número de eventos mundiais só cresce, assim como o número de canais que os transmitem ao vivo." As fadas Leprechaun parecem ter muito conhecimento.

"Entendi. Penny, talvez uma moça jovem como você possa esclarecer um pouco a questão para nós." Nicholas, de repente, passa a palavra para Penny.

"Na minha opinião... as provas também têm um papel importante nisso." Penny mal consegue se lembrar do que Motail disse. "Nos meus turnos, recebo muitos clientes coreanos... e todos eles passam pelo período de provas ao mesmo tempo. Quando isso acontece, costumam ficar acordados a noite toda. Mas essa não é uma situação que se prolonga muito. Eles só ficam acordados uma ou duas noites antes dos exames. Ao que parece, virar a noite estudando é algo que acontece no mundo todo."

"Faz sentido. E você, Maxim?"

Maxim é pego de surpresa depois dos argumentos tão coerentes de Penny. Ele engasga, tossindo por um longo tempo. Quando finalmente consegue se acalmar, fala em um tom baixo e solene.

"No meu caso, não sou muito afetado. Os clientes costumam encomendar sonhos de outros produtores. Para começo de conversa, eu nem tenho tantos clientes assim, então..." Maxim sente seu rosto arder. "O único estoque que produzo é para a DallerGut, que compra direto de mim. Portanto, não tenho muitos problemas em relação ao não comparecimento."

"Vejo que você caprichou na pimenta", brinca Nicholas, e todos caem na gargalhada. Penny vê o rosto de Maxim ficar vermelho e se intriga ao descobrir esse seu lado inesperado.

"E você, Animora? Tem sofrido algum prejuízo?", Aganap Coco pergunta com um olhar preocupado. Animora Bancho não comeu nada, preocupado em alimentar os cachorros e cortar o pão e a carne para as fadas Leprechaun.

"Bancho é tão fofo", Penny pensa consigo mesma. Maxim de repente alcança o cesto de pães e, com força, começa a picar uma fatia.

"Não, também continuo me saindo bem. Os animais dormem muito. E não há muitas distrações que os façam adiar o sono", diz Animora com os olhos fixos nos cães deitados aos seus pés. Um cachorro de cabeça preta está dormindo tranquilamente com o rosto apoiado no pé de Bancho.

"Isso mesmo!", grita a líder das Leprechaun, assustando Penny. "Bancho está certo. Existem tantas coisas divertidas que mantêm as pessoas acordadas a noite toda..." A esperta fada Leprechaun voa ao redor de um prato. "Jogar videogame, navegar na internet pelos smartphones, conversar por telefone por horas... Elas adiam o sono para aproveitar o presente!" A fada agora está no ombro de Nicholas, com as asas recolhidas. Embora esteja irritado, o anfitrião não a enxota.

"Concordo", diz Yasnooze. "E eles são um caso totalmente diferente se comparado às pessoas que ficam acordadas a noite toda para estudar para as provas. O não comparecimento destes últimos é temporário. Nossa principal preocupação devem ser os procrastinadores voluntários na hora de dormir."

As fadas Leprechaun mastigam o pão, satisfeitas por ter sua opinião validada.

"Maxim, por que você praticamente moeu o pão em migalhas? Pedi para cortar em pedaços pequenos. Que distração é essa, de repente?" A fada com blusa rosa bufante repreende Maxim, que volta a ficar corado.

"E o que podemos fazer para que essas pessoas voltem a dormir a tempo?", Nicholas pergunta. "Seu Doce do Sono Profundo pode ajudar, DallerGut?"

"Esses doces só funcionam para quem já está dormindo", diz DallerGut, balançando a cabeça negativamente.

"E se gerarmos lucros a partir de outras fontes para compensar essas perdas do não comparecimento? Ficaríamos mais do que felizes em compartilhar nossas ideias e nossos conhecimentos, se for do interesse de todos", se gaba a líder das fadas Leprechaun, como se elas tivessem algo valioso a oferecer.

"E como iremos gerar esses lucros?", pergunta Penny.

Penny se lembra de sua primeira visita à Grande Loja de Sonhos, quando Mogberry desabafou sobre como as Leprechaun são aproveitadoras. Ela disse claramente que as fadas usam alguns truques sujos para obter o maior lucro possível de pagamentos de sonhos.

"Acredito que todos vocês estejam se perguntando como conseguimos expandir nossas lojas a ponto de nos mudarmos para a rua principal." A líder das fadas caminha para o meio da mesa. "Se você vender Sonhos de Voar para cem clientes, vai receber pagamentos de sonhos de cerca de sessenta deles. Normalmente, somos pagos em Liberdade ou Encantamento. Mas às vezes recebemos Arrependimento e Perda, porque, quando os clientes acordam para a realidade, percebem que não podem de fato voar. Como todos sabem, essas emoções negativas não se convertem em muito dinheiro. Então tivemos uma ideia!"

A líder se afasta para dar espaço para a fada esperta falar.

"A partir de uma pesquisa interna que realizamos, descobrimos que os sonhos paralisantes são mais lucrativos do que os sonhos que fazem voar. Estou falando de sonhos nos quais você se sente impotente, com os pés pesados como pedra quando tenta correr, ou sonhos em que seu corpo parece muito lento quando você precisa se defender de um valentão... Depois que nossos clientes têm esses sonhos, recebemos muito mais pagamentos em Liberdade. Eles se sentem livres quando acordam desses sonhos!" A fada esperta pega uma calculadora e começa a apertar os botões.

"Como podem ver aqui, os resultados mostram lucros muito maiores. Isso poderia facilmente compensar as perdas pelo não comparecimento." A fada, orgulhosa, mostra o resultado da calculadora aos convidados. Mas a reação morna da sala a atinge como um balde de água fria.

"Acho que vocês não entenderam... Essa é a razão pela qual nosso negócio está prosperando. Maxim, o que acha de uma parceria com seus pesadelos? Se nos unirmos e fizermos um Sonho de Ser Perseguido por Bandidos Assustadores, Mas Ficar com as Pernas Imóveis, seria o maior sucesso de todos os tempos! Você está sendo perseguido durante todo o sonho, e ele acaba quando você está prestes a ser pego. Já consigo ouvir os pagamentos chegando!" A fada tenta persuadir Maxim, sentando-se em seu ombro largo.

"Eu não faço esse tipo de joguinho com os meus clientes!" Maxim pega a fada com os dedos e a coloca sobre a mesa.

"Ha-ha! Mogberry estava certa sobre vocês." DallerGut dá um sorriso frio. "Ouvi um boato de que as fadas Leprechaun estavam alterando o rótulo dos seus sonhos. Então é verdade", comenta DallerGut, com voz calma. "Como você ousa nos propor isso?" Ele não levanta a voz, mas é óbvio que está furioso.

"Eu... sinto muito", desculpa-se a líder das fadas ao perceber a gravidade da situação.

"Se eu souber que vocês fizeram coisas tão sorrateiras novamente, nosso contrato será cancelado", adverte ele, enfaticamente.

"DallerGut está certo. Todos nós sabemos que esse tipo de truque existe, mas há uma razão para que ninguém fora vocês o use", diz Yasnooze enquanto termina seu último gole de vinho e abaixa a taça. "Bom, vamos deixar toda essa conversa inútil de lado. Por que não tentamos chegar a algum tipo de solução? Eu sei que todos são muito ocupados. A que conclusão você chegou, DallerGut?"

Ele arruma o colarinho e pigarreia.

"A-hem! Em primeiro lugar, por favor, não se ofendam com nada do que eu disser. Eu não passo de um velho vendedor que tem uma perspectiva bastante intuitiva e simples sobre essa situação."

"Você sempre faz uma introdução longa..." Nicholas o pressiona.

"Acredito que já chegamos a uma conclusão. Como Bancho e as fadas Leprechaun mencionaram, as pessoas adiam o sonho fazendo coisas mais divertidas do que dormir. Que tal mudarmos essa perspectiva, então?" DallerGut ri, como se fosse uma solução supersimples.

As fadas Leprechaun prontamente dão total atenção a DallerGut, sentando-se eretas.

"A solução é tornar os sonhos ainda mais divertidos do que as coisas que têm deixado as pessoas acordadas. Acredito que todos vocês, produtores de sonhos, têm talento para tornar isso possível."

Depois de um momento de silêncio, a sala inteira começa a rir.

"Então você está dizendo que, no final das contas, tudo isso acontece porque nossos sonhos não são divertidos o suficiente? Você nos pegou direitinho, DallerGut." Nicholas dá uma gargalhada bem alta.

"Não foi exatamente isso que eu disse, mas, se prefere colocar dessa maneira, terei que admitir que você está certo", responde DallerGut, de forma amigável.

Todas as fadas Leprechaun batem palmas, como se não pudessem concordar mais com DallerGut.

"Um pouco anticlimático, mas acho que isso encerra nossa discussão. Vamos fazer um brinde e aproveitar o resto do nosso jantar?", propõe Yasnooze, erguendo o copo.

"Que boa ideia!" Todos levantam seus copos.

Nicholas se levanta e grita: "Vamos comer bem, dormir bem e ter bons sonhos!".

6. MAIS VENDIDO DO MÊS

É a última semana de dezembro, e as ruas estão iluminadas. Graças à rapidez da sra. Weather com a decoração de Natal, a Grande Loja de Sonhos DallerGut está mais bonita que nunca. Os pisca-piscas pendurados nas prateleiras, do primeiro ao quinto pisos, deixam tudo brilhando como caixinhas de joias. A sra. Weather também propôs a compra de embalagens de presente cintilantes, mas o gerente e os funcionários do segundo piso recusaram a ideia.

"Você tem ideia de quanto glitter cai das embalagens cintilantes? Requer muita limpeza."

Os Noctilucas também tentam customizar os roupões que alugam para a estação, bordando flocos de neve neles. A clientela, contudo, parece não gostar.

"Você tem um mais bonito? Este é tão feio", diz uma criança fazendo careta.

"Se você não quer usar isso, menina, lembre-se de usar roupas quentes para dormir. E tente não chutar o cobertor para fora da cama durante a noite", rebate friamente um Noctiluca enquanto ajeita o roupão do garoto com suas patas grandes.

A temporada de Natal está chegando ao fim. O poder do Papai Noel é, de fato, imbatível. Os sonhos de Nicholas, além de venderem como água, estão quase esgotando, incapazes de atender à demanda de seu público principal: a clientela infantil. Em comparação com outros sonhos, eles já venderam o estoque equivalente a um ano.

Ao longo da temporada, Nicholas entra e sai da loja como se fosse sua própria casa, transportando seus estoques de sonhos para lá e para cá. Ele continua a criar e estocar seus sonhos, que, mesmo empilhados como uma montanha, se esgotam rapidamente.

Usando um grande cinto de latão, Nicholas, com a ajuda de sua equipe, está ocupado trazendo seus produtos para a loja dos sonhos. É possível ver migalhas de pão penduradas na barba prateada malcuidada, possivelmente um vestígio do seu café da manhã apressado.

A clientela infantil parece muito entusiasmada ao ver uma guirlanda de Natal nas caixas dos sonhos.

"Que tipo de sonho tem dentro desta caixa?", pergunta uma criança de uns seis anos vestindo um pijama fofo, enquanto inspeciona cuidadosamente uma das embalagens com um brilho de curiosidade nos olhos.

"Que tipo de sonho você gostaria que fosse?", pergunta Penny com carinho.

"Hum... Quero um sonho em que meu pai brinque de esconde-esconde comigo, e não que saia e vá para o quarto dele cochilar, por mais que eu peça para ele brincar pela centésima vez."

"Talvez seja esse o sonho que você terá aí. Ou pode ser um sonho em que você se torna um adulto incrível. Papai Noel sabe direitinho do que você gosta. Tenho certeza de que será um sonho incrível", comenta Penny gentilmente, ajoelhando-se para ficar na altura dos olhos da criança.

"Sério? Mas eu choro por tudo... Papai Noel não dá presentes para crianças que choram. Minha mãe e meu pai que me contaram", diz a criança, fazendo beicinho.

"Não se preocupe", sussurra Penny no ouvido dela. "Esse é um boato estratégico espalhado pelo próprio Papai Noel para garantir que não haja crianças chorando porque não querem dormir."

"Sério?", pergunta a criança, arregalando os olhos.

"Pense bem! Se vocês, crianças, reclamarem de ir para a cama, não poderão comprar nenhum sonho do Papai Noel, certo? Isso

fica só entre nós, mas o Papai Noel não vai gostar se não conseguir vender seus sonhos durante a temporada."
Penny se lembra da decoração sofisticada e da comida deliciosa na casa de Nicholas. Seria difícil sustentar tamanha grandeza se suas vendas caíssem durante a época mais importante do ano.

Com os clientes de Samoa, no Pacífico Sul, os últimos do último fuso horário a celebrar o Natal, o turbilhão da temporada finalmente chega ao fim. A sra. Weather tira férias para passar o final de ano com a família.
"Eu mesma criei esse software de aprovação de férias. Você só insere as datas que deseja e já recebe a permissão direta de DallerGut. Mas ele ainda não sabe usar, embora eu tenha feito isso justamente para facilitar a vida dele. Então, por enquanto, eu mesma aprovo as permissões. Na verdade, até incluí no programa um sistema de aprovação automática. Se você quiser tirar férias, basta inserir as datas e sair. DallerGut não liga", diz a sra. Weather antes de sair.
Enquanto isso, DallerGut e Penny cobrem o primeiro piso. Nicholas relaxa no assento vazio da recepção depois de trazer o último lote de seus sonhos.
"DallerGut, tem alguma recomendação de sonho para uma boa noite de descanso? Pretendo hibernar por alguns dias. Estou exausto. Enfim, acho que estou ficando velho."
DallerGut pega vários sonhos e se senta ao lado de Nicholas. Penny aproveita a oportunidade para se sentar um pouco também. Como ficou o dia todo se agachando e se levantando sem parar, para ficar no nível dos olhos da clientela infantil, seus joelhos estão doendo.
Nicholas tira uma grande garrafa de vidro do fundo de sua jaqueta de lã grossa, presa por seu cinto de latão. A garrafa contém um líquido muito escuro envolto por finas camadas de gelo, como se tivesse sido enterrado profundamente na neve da montanha.
Os três compartilham a bebida vermelho-escura exótica e gaseificada. A garrafa diz "dezessete por cento de frescor adicionado". Um gole faz a garganta coçar, mas rapidamente enche a

boca com uma sensação refrescante. É como segurar a brisa do amanhecer dentro da boca.

"Isto é muito bom!", constata Penny enquanto enche mais um copo.

"Não é? Acho que vai muito bem com bacon. Isso faria meu dia terminar com chave de ouro..." Nicholas estala os lábios. "De qualquer forma, fiz algumas mudanças no meu trabalho. Se eu fizesse como meus antepassados, tentando chegar a todas as casas montado em renas para entregar presentes eu mesmo... o Papai Noel já teria desaparecido há muito tempo. Hoje em dia, os sistemas de segurança doméstica são avançados. Tudo o que você precisa fazer é garantir que as crianças durmam a tempo, e o resto acontece automaticamente. Isso é muito conveniente! Além disso, paga superbém!" Nicholas esfrega os dedos indicadores nos polegares. "Na verdade, ouvi dizer que meus ancestrais não conseguiam chegar a tantas casas quanto gostariam por causa de todos os custos dos presentes e da alimentação das renas. Nem imagino como conseguiam lidar com todas essas despesas."

"Chegamos aonde chegamos graças ao sacrifício de nossos ancestrais", intervém DallerGut. "E aos sacrifícios que você faz todos os anos, Nicholas. Por falar nisso, sinto que nossas vendas este ano aumentaram em relação ao ano passado. O que você acha?", questiona DallerGut, enchendo seu copo.

"Na verdade, acho que não foi muito diferente do ano passado. As vendas do ano passado foram de outro patamar. Mas tenho quase certeza de que ganharei mais uma vez na categoria de Mais Vendido na premiação de final de ano. E você sabe o que isso significa, DallerGut? Significa que vou ganhar por quinze anos consecutivos! Quinze anos! Um recorde imbatível! Ha-ha-ha", diz Nicholas, imprimindo sua confiança característica na voz.

Como sempre assiste à premiação de fim de ano com a família, sem perder uma edição, Penny pode atestar que Nicholas está falando a verdade. Além do Grande Prêmio, as categorias incluem Revelação do Ano, Melhor Arte, Melhor Roteiro, entre outros.

E existe ainda o prêmio Mais Vendido do Mês, categoria que contabiliza apenas as vendas de dezembro. Penny não se lembra de ter visto outra pessoa ganhar esse troféu. Claro, Nicholas nunca compareceu pessoalmente à premiação, por preferir se enfurnar em sua cabana após o Natal. Só agora Penny se dá conta de que o famoso Papai Noel é, de fato, a pessoa sentada à sua frente.

A Associação dos Trabalhadores da Indústria de Sonhos concede uma recompensa aos premiados na categoria Mais Vendido por sua contribuição para o aquecimento da economia do setor. Há rumores de que a recompensa é uma bela quantia. Só isso explicaria a cabana extravagante de Nicholas...

"O que devo fazer com o prêmio deste ano? No ano passado, me deram dez garrafas de Palpitação, além do valor em dinheiro. Isso me ajudou a lidar com a reforma da minha sala de estar sem ficar entediado durante todo o processo. Eles poderiam dar um pouco de Conforto este ano. Umas cinco garrafas, talvez."

"Para que você usaria isso?", pergunta DallerGut com curiosidade genuína.

"Meu amigo! Você precisa experimentar um pouco de Conforto como eu fiz. Lembra do sofá na minha casa? Não parecia que ele abraça seu corpo, fazendo com que se sinta protegido da cabeça aos pés? Tente borrifar Conforto em um dos seus móveis. Dá uma diferença enorme quando você chega em casa, e o efeito dura pelo menos uma semana. Hoje usei a última gota da minha última garrafa, mas o preço disparou tanto que não me atrevo a comprar outra. É por isso que estou torcendo para receber Conforto no prêmio deste ano", diz Nicholas, como se já tivesse sido premiado. Penny acredita que Nicholas ganhará a disputa. Por se tratar de uma cerimônia de final de ano, e como eles consideram apenas o último mês para a entrega do prêmio, não há produtor que supere o Papai Noel nas vendas de dezembro.

Talvez esse tenha sido o objetivo de Nicholas desde o início ao vender sonhos apenas em dezembro: a premiação de fim de ano. Algumas pessoas consideram Nicholas astuto, mas, para Penny, tudo isso só prova que ele tem ótimas táticas de planejamento e marketing.

Depois de terminar de juntar as suas coisas, Nicholas sobe em seu veículo estacionado em frente à Grande Loja de Sonhos e parte rumo à sua cabana nas montanhas nevadas. O veículo é plano e com o teto aberto, lembrando um trenó de grandes dimensões.

"Ei! Você está planejando exibir a cerimônia de premiação na loja para assistir com toda a equipe?", pergunta a DallerGut enquanto liga o motor.

"Claro, se a equipe quiser. Pretendo convidar seus familiares também. Gostaria de se juntar a nós?"

"Sou muito tímido para esses eventos. Como você sabe, sou o grande favorito a uma das categorias. Prefiro assistir à premiação no sofá da minha sala. Até ano que vem, meu amigo! E você também, mocinha. Continue com o bom trabalho e apareça para uma visita!", diz Nicholas, se despedindo de Penny. Seu "trenó" desaparece depressa, deixando para trás apenas o ronco do motor.

Depois que Nicholas se foi para a cabana nas montanhas nevadas, a Grande Loja de Sonhos passou a última semana do ano com poucos clientes. Penny analisa as balanças de pálpebras dos frequentadores e percebe que até mesmo os clientes que costumavam ir à loja pontualmente estão chegando cada vez mais tarde. Quando vêm, só passeiam por entre os produtos, sem olhar direito as prateleiras, e saem de mãos vazias, dizendo: "Eu só quero dormir bem". Todos eles têm olheiras enormes.

"O que todo mundo fica fazendo até tão tarde da noite?"

"Há muitas confraternizações nesta época do ano. As pessoas estão tristes demais para deixar os últimos dias do ano passarem batido, então aproveitam o máximo que podem. Quando voltam para casa, apagam", responde DallerGut, parecendo despreocupado.

"Não sei os outros andares, mas as vendas no primeiro piso caíram muito. Desse jeito, Nicholas poderia vencer facilmente pela décima quinta vez consecutiva. Ele já vendeu quantias significativas durante a temporada de Natal."

"Bom, nunca se sabe. Um azarão pode aparecer a qualquer momento."

Olhando para o rosto de DallerGut, Penny sente que ele tem algo a dizer.

"Existe outro sonho que tenha vendido mais que os do Papai Noel? De quem? Será que existe algum novato que eu ainda não conheça?"

"Com certeza não é novato. Seus sonhos sempre venderam bem durante esta época. Ele sempre aparece como um azarão no prêmio, com vendas crescentes, proporcionais às de Nicholas, só que é tão humilde que ninguém parece notar. Mas, na minha opinião, este ano será o ano dele."

"Quem é ele? É alguém que eu conheço?", pergunta Penny, morrendo de curiosidade.

"Bem, que tal eu te dar algumas dicas em vez de um nome, como sempre?" DallerGut nunca dá respostas de bandeja assim, logo de cara. Felizmente, Penny já está acostumada com o estilo dele, então presta atenção às pistas que ele oferece sem ficar impaciente.

"Esta época do ano pode parecer alegre e glamorosa, mas tem um lado sombrio escondido, com muita solidão e um vazio profundo. Dá para notar como as pessoas ficam fora de casa até tarde da noite, tentando desesperadamente não ficar sozinhas."

"Sim, eu também sinto o mesmo. Sinto-me pressionada a sair e comemorar nas festas de fim de ano, coisa que normalmente não gosto de fazer. Você se torna um perdedor se chega em casa muito cedo."

"Qual tipo de pessoa você acha que vai passar o final de ano mais solitário?"

"Solteiros como eu, que não têm planos e trabalham sem parar", responde Penny sem hesitar. Apesar de ter respondido com muita confiança, ela secretamente espera que essa não seja a resposta certa. É patético admitir isso.

"Bem, essa não é uma resposta errada, mas também não é a correta."

"Então... talvez os pais, que ficam esperando seus filhos voltarem para casa?"

"Também é um bom palpite."

"Ou seja, também não é a resposta. Que difícil! Preciso de mais dicas, por favor."

"Pense naqueles clientes que raramente param na recepção e vão direto para o elevador rumo ao quarto piso. Faz lembrar algo?"

O quarto piso é para sonhos de cochilo, frequentado sobretudo por idosos que costumam tirar sonecas ou bebês e animais que dormem o dia inteiro. Penny ainda não encontrou a resposta.

"Nada ainda? Veja, eles estão vindo agora!"

Penny vira a cabeça para a entrada, para onde DallerGut está apontando. De lá, um bando de cães e gatos invade o recinto. Na entrada, um cachorro velho abana o rabo, e ao lado dele está um homem jovem e maltrapilho com uma mochila do tamanho de seu corpo. Na mochila, há outras bolsas penduradas, fazendo-o parecer um vendedor ambulante.

"Animora Bancho! Estava mesmo te esperando."

"Olá, DallerGut! Você também está aqui, Penny. Como tem passado?"

"Bom revê-lo, sr. Bancho!" Penny não consegue esconder a satisfação em seu rosto.

"O gerente Speedo, do quarto piso, me ligou e disse que meus sonhos estão esgotados, então aqui estou. Você não vai acreditar o quanto ele me pressionou para vir trazer isto..."

Penny está impressionada com a capacidade e a lábia de Speedo, a ponto de surpreender até alguém como Bancho.

"Então eu fiz mais sonhos, só que com pressa, para poder vir aqui. Faz muito tempo que não desço as montanhas, quase me perdi. Se não fosse por estes carinhas, eu definitivamente estaria vagando na rua errada."

Seus animais se esfregam em seu corpo e choramingam, ao que Bancho os acaricia afetuosamente como se os entendesse, murmurando para eles: "Ah, é mesmo? Espero que meus sonhos sejam úteis para vocês".

"Você entende o que eles estão dizendo?", pergunta Penny, ajudando-o a colocar a mochila no chão.

"Não totalmente, mas consigo entendê-los se prestar bastante atenção", responde Bancho, corando e sentindo-se levemente envergonhado.

"Uau! Sério? Isso é incrível!"

Penny olha para o cachorro velho que está agarrado a Bancho. Com algumas falhas na pelagem, ele também abana o rabo para Penny.

"Eu me lembro deste cachorro da minha primeira visita ao quarto piso. Estava olhando para a seção de sonhos para soneca. Sim, foi no canto dos Sonhos de Brincar com o Dono. E então, o que ele disse para você?"

"Disse que era tarde da noite e a família ainda não havia voltado para casa."

O cachorro velho faz uma cara triste enquanto choraminga outra vez. Bancho acena com a cabeça e gentilmente o afaga.

"Ele está com medo de que algo ruim possa ter acontecido com eles. Não se preocupe, Léo. Quando você acordar, após uma boa noite de sono, todos estarão de volta em casa. Você quer experimentar este sonho que eu trouxe? Eu fiz mais do Sonho de Dar um Passeio, seu preferido! Vocês aí também podem pegar um daqui. Eu tenho muitos deles!"

O velho cachorro Léo e outros animais se reúnem em volta da mochila de Bancho. Só então Penny percebe quem é o azarão a que DallerGut estava se referindo.

Um apartamento antigo, mas limpo para uma família de quatro pessoas. O casal de meia-idade estava fora em um jantar, e a filha e o filho também foram para seus próprios compromissos de final de ano. Léo, o velho cachorro da família, que completa doze anos este ano, estava dormindo sozinho dentro da casa mal iluminada.

Durante o dia, Léo se deitou na varanda, esperando pacientemente o retorno de sua família. Em seguida, em vez de seu passeio diário, perambulou de cômodo em cômodo segurando na boca seu brinquedo de pelúcia esfarrapado. À medida que o dia escurecia, as luzes de fundo acendiam automaticamente, mas ainda assim a casa continuava vazia, e a única coisa que Léo podia fazer era dormir. Por sorte, ele cochilava com mais frequência à medida que envelhecia. Léo dormia um sono pesado, como se fosse um tronco de árvore. Estava sonhando o sonho de Animora

Bancho. Graças ao Sonho de Dar um Passeio, estava correndo e se divertindo.

Bip, bip, bip, bip.

Nesse momento, ouviu-se o som da porta digital do apartamento sendo destrancada. Mas Léo, profundamente imerso no sonho, não se mexe. Por reflexo, ele abre um pouco os olhos, mas volta a dormir na mesma hora.

Os quatro membros da família, que por acaso se encontraram na entrada do apartamento, voltando de suas respectivas saídas, entraram juntos.

"Olhem só vocês! Chegando em casa antes da meia-noite? Isso é novidade", disse o pai aos filhos perto da sapateira.

"Não é, querido? Achei que vocês chegariam em casa bem mais tarde do que nós. Olhem só para vocês! Tão crescidos, não?", disse a mãe, entrando na conversa.

"Às vezes, acontece. Era só uma festa chata." A filha desconversou e, sem tirar os sapatos, gritou: "Léo, chegamos!".

"Talvez ele esteja bravo porque voltamos tarde. Não veio nos cumprimentar. Só continua lá dormindo."

"Ele não comeu nada", disse o filho, que acendeu a luz e verificou a tigela de Léo. "Ei, não o acorde. Ele está dormindo profundamente."

"Tudo bem, tudo bem", disse a filha antes de agarrar Léo sem sequer tirar o casaco. E chamou a família, rindo: "Pessoal, vocês precisam ver isso".

"O quê?" O restante deles se sentou ao redor de Léo.

O cachorro estava deitado em seu colchonete. Suas patas dianteiras curtas pairavam no ar, como se ele estivesse correndo. Havia uma expressão alegre em seu rosto.

"Ele deve estar sonhando que está correndo. Cara, isso é fofo demais!" O filho faz um alvoroço ao pegar seu smartphone para tirar uma foto.

"As pernas dele estão muito frágeis para correr agora. Ele deve realmente ter desejado correr, para até sonhar com isso..." O pai parecia soluçar, emocionado.

"Querido, você ficou mais emotivo desde que Léo se juntou à família. Você era outra pessoa quando nossos filhos eram crianças", disse a mãe, acolhendo o pai.

"Que tal darmos um passeio agora? Vamos andar pelo bairro, todos juntos."

A palavra "passeio" acordou Léo com um sobressalto. Ao ver toda a sua família em casa com ele, ficou fora de si andando em círculos, sem saber quem cumprimentar primeiro, abanando com força o rabo meio sem pelo.

É o último dia do ano. A equipe da Grande Loja de Sonhos já fechou o estabelecimento e está reunida no saguão para assistir ao prêmio de Sonho do Ano. As prateleiras e os armários vazios estão amontoados de um lado, e uma fileira de cadeiras dobráveis foi trazida do depósito. O espaço é grande o suficiente para o evento.

"A melhor forma de curtir a premiação de fim de ano é assistir todo mundo junto na Grande Loja de Sonhos DallerGut!"

Motail, do quinto piso, senta-se na última fileira com outros funcionários, e cada um vai pegando o lanche que trouxe. Eles tecnicamente estão de férias, mas vieram à loja para assistir à premiação em uma telona. Alguns estão aqui com seus pais idosos, filhos pequenos e gatos.

Obviamente convidadas por Motail, as fadas Leprechaun fazem parte da bagunça, esvoaçando as cabeças de quem sentou, contribuindo com a barulheira. Elas começam a cantarolar uma das canções que costumam entoar enquanto fazem sapatos, ao que Mogberry tapa os ouvidos. Penny está empolgada com toda a algazarra, além da abundância de comes e bebes.

Enquanto isso, com o manual de instruções debaixo do braço, DallerGut vem lutando para ligar o projetor na parede do saguão há uns trinta minutos. Ele está vestindo jeans confortáveis e uma camiseta de manga comprida que se ajusta bem ao seu corpo.

"Ainda não conseguiu, sr. DallerGut? Você quer que eu tente? Melhor nos apressarmos ou vamos perder o começo! Não quero perder nenhuma aparição de Wawa Sleepland..." Speedo apressa DallerGut, balançando uma de suas pernas.

"Estou quase conseguindo. Por que a tela está preta?" DallerGut pretende terminar por conta própria o que começou.

"Já se passaram trinta minutos desde que a cerimônia começou, então, eles devem estar anunciando o Mais Vendido de dezembro depois de Revelação do Ano. Mas todos já sabemos como vai ser. Quem ganha é sempre Nicholas."

Penny ouve os comentários das pessoas e começa a ficar ansiosa. Ela está mais curiosa sobre o vencedor do Mais Vendidos de dezembro do que qualquer outra categoria. Enquanto as pessoas pensam que Nicholas vai ganhar mais uma vez, Penny secretamente torce para que Animora Bancho vença, depois de tudo que DallerGut contou.

Claro, pouco importa para Penny quem vai ganhar, mas pensar nos cachorros comilões de Bancho e em suas roupas surradas a faz torcer para que ele ganhe o prêmio, ao menos este ano.

Naquele momento, Penny percebe que os dois cabos que DallerGut conectou estão invertidos. Quando DallerGut se distrai relendo as instruções, ela se arrisca e põe rapidamente os cabos de volta ao lugar certo enquanto finge encher seu copo.

"Acho que agora funcionou, sr. DallerGut!"

"Finalmente! Consegui! Olhem só, não sou cem por cento analfabeto em tecnologia! A sra. Weather deveria ter visto isso."

Penny se apressa para se sentar entre DallerGut e Mogberry.

A cerimônia de premiação começa a ser transmitida na telona. A câmera captura um público bem-vestido, lotado de produtores de sonhos.

Vigo Myers observa a tela no canto mais distante, botando para dentro doses e mais doses de uísque.

"Eu deveria estar lá também...", diz Myers, já embriagado.

"Uma bebedeira dessas com crianças por perto? Qual o seu problema?", repreende Mogberry, sentada na primeira fileira enquanto se vira para Myers.

"O que você sabe sobre mim?" Myers bêbado parece uma pessoa completamente diferente.

"Por que Myers desistiu de se tornar um produtor de sonhos?", pergunta Penny a Mogberry.

"Essa é uma pergunta que eu também me faço. Tenho curiosidade de saber por que ele foi suspenso da faculdade. De qualquer forma, ele ainda poderia ter seguido uma carreira na produção de sonhos sem um diploma universitário. Então por que desistiu, se sabia que se arrependeria tanto?", pergunta-se Mogberry. "Vamos esperar até que ele fique mais bêbado."

À medida que os produtores de sonhos famosos aparecem na tela, a sala rapidamente se anima.

"Você viu aquilo? Uau! Wawa Sleepland está linda esta noite!"

"Keith Gruer raspou o cabelo de novo. Outra separação? Tsc, tsc."

Todos têm comentários a fazer enquanto acompanham a premiação.

A câmera agora está focada no apresentador, no palco.

"Olá a todos que estão nos assistindo ao vivo, direto do Centro de Artes do Sonho para a premiação dos Melhores Sonhos do Ano! A tensão é palpável aqui. Hawthorne Demona acabou de levar a Revelação do Ano e ela ainda está chorando. Parabéns, Demona!"

O apresentador pede mais uma salva de palmas ao público.

"Agora, de volta às categorias! Estamos um pouco atrasados, mas chegamos ao tão esperado Mais Vendido do Mês. Qual sonho teve a maior venda em dezembro? Papai Noel vai ganhar de novo? Se for assim, esta será a décima quinta vitória, um recorde sem precedentes como atual campeão! Bem, vamos aos indicados."

A tela é instantaneamente dividida em quatro, mostrando os candidatos. No espaço reservado a Nicholas, que está ausente outra vez, há a indicação PAPAI NOEL em letras garrafais, e o restante dos indicados é pego de surpresa ao ver seus rostos sendo filmados.

Keith Gruer, conhecido por seus sonhos românticos, coça a cabeça raspada com um sorriso tímido. A criadora de sonhos de ficção científica Celine Gluck fica levemente surpresa, mas se recupera no mesmo instante ao jogar beijos em resposta aos gritos entusiasmados do público. Mas o último candidato parece completamente despreparado para isso. Ele está com uma expressão engraçada no rosto, como se uma enorme espinha de peixe estivesse entalada em sua garganta.

"Aquele é o Animora Bancho? Inacreditável!", grita Speedo, sentado atrás de Penny. Ao que parece, nem em sonhos o gerente do quarto piso esperava ver Bancho na tela. O coração de Penny começa a bater forte ao vê-lo indicado, conforme previsto por DallerGut.

O apresentador faz uma pausa curta, suficiente para aumentar a tensão, e anuncia: "Agora, o prêmio de Mais Vendido do Mês vai para...".

Penny cerra os punhos. "Por favor, por favor..." Sentado ao lado dela, DallerGut prende a respiração, também ansiosíssimo.

"Isso é maravilhoso. Temos um novo vencedor! E o prêmio vai para... Animora Bancho!"

Assim que o resultado é anunciado, gritos de surpresa explodem por todos os lados. Penny e DallerGut gritam em uníssono.

"Bancho, por favor, suba ao palco. Alguém poderia ajudá-lo? Ele parece paralisado, em estado de choque!"

Estupefato, Bancho é obrigado a subir ao palco, mas parece não acreditar no que se desenrola diante de seus olhos, nem mesmo depois de receber o envelope do anúncio. O terno velho e largo parece comprado em um brechó, mas até que não cai mal nele.

"Vamos, Bancho. Seus fãs em todo o mundo estão esperando um discurso", incentiva o apresentador comicamente.

"Cla-claro! Claro! Bem... Isso é uma surpresa. Nunca pensei que ganharia este prêmio. Na verdade, senti que minhas vendas melhoraram drasticamente este mês. De qualquer forma, muito obrigado! Quero agradecer especialmente aos meus clientes regulares. Léo, Ébano, Sorte, Bola de Neve, A-ji, Caramelo, Mandu, Amor, Nana, Choco... Oh, me desculpe! Melhor parar por aqui, senão a lista não termina nunca. E, claro, a todos os meus amigos animais! Sei que vocês podem não conseguir assistir a esta cerimônia, mas quero dizer que sou muito mais feliz depois de ter conhecido vocês. Ganhei também um prêmio em dinheiro!" Bancho ergue o envelope. "Este prêmio vai me ajudar a criar muitos outros grandes sonhos para vocês! Portanto, mantenham-se saudáveis, comam bem e durmam bem. Fiquem comigo o quanto puderem!" Bancho parece muito mais à vontade depois de chamar seus amigos animais por seus nomes, e agora seu discurso flui bem. "Há alguns anos, meu único sonho era ter meus produtos expostos na Grande Loja de Sonhos DallerGut. Nem acredito que estou recebendo este prêmio agora. Ei, sr. DallerGut! Você está vendo isso? Muito obrigado por acreditar em mim e fechar um contrato comigo quando eu não era ninguém."

As pessoas na loja gritam, frenéticas, após a menção a DallerGut.

"Espera aí! Nenhuma menção a mim?" Speedo parece chocado.

"E... Ao nosso Papai Noel, Nicholas, que tenho certeza de que está nos assistindo de casa. Desde pequeno, desejava poder fazer do mundo um lugar melhor para crianças e animais quando eu crescesse. E aí eu conheci você. Você é um adulto que já alcançou o objetivo que eu tanto busco, ou seja, criar sonhos para fazer crianças felizes. Por admirá-lo tanto, me refugiei nas montanhas nevadas, como você, determinado a criar sonhos para os animais. Eu estava seguindo os seus passos. Sei que é você quem deixa comida e lenha em abundância no meu portão todas as manhãs. Se não fosse por você, eu teria morrido de fome ou congelado. Meu caro Nicholas! Permita-me ficar com o prêmio desta vez e, a partir de amanhã, já comecemos a pensar no Grande Prêmio do ano que vem! Passarei na sua cabana e levarei comigo uns bons vinhos para... Opa! O apresentador está dizendo que meu tempo acabou." O público cai na gargalhada. "Isso era o que eu tinha a dizer. Agora vou voltar para o meu lugar. Obrigado, pessoal! Feliz ano novo!"

No caminho de volta para o seu assento, todos estão genuinamente parabenizando Bancho.

Após a vitória inesperada de Animora Bancho, os funcionários da loja tentam adivinhar os vencedores para as demais categorias. Motail, bêbado, levanta a voz em uma discussão acalorada com Vigo Myers sobre apostar nos vencedores.

"Quem vai ganhar o Grande Prêmio do Ano? Provavelmente um dos cinco produtores lendários. Será?"

"Isso é um fato. Minha aposta é que Floresta Tropical Animada, de Wawa, provavelmente ganhe como Melhor Direção de Arte. Então apostaria em Kick Slumber ou Yasnooze para o Grande Prêmio. A briga entre eles sempre foi boa..."

"Por que não Aganap Coco ou Dozé?", pergunta Motail.

"Dozé nunca veio às premiações, além de não ter produzido sonhos este ano. Coco, por outro lado, já venceu o Grande Prêmio algumas vezes com o mesmo repertório. Este ano vai ser difícil para ela. Estou apostando em Voar sobre um Penhasco como uma Águia, de Kick Slumber, ou Colocando-se no Lugar de Alguém, Parte 7: Viver como um de Meus Valentões por um Mês, de Yasnooze."

Como previa Vigo Myers, o prêmio de Melhor Direção de Arte vai para Floresta Tropical Animada, de Wawa Sleepland. A tela muda para mostrar uma versão editada do sonho premiado de Wawa, que de fato tem uma beleza de outro mundo. As cores que ela usou, além de serem muito vívidas, capturam um maravilhoso espectro da floresta de acordo com a hora do dia e a direção da luz do sol. Penny compreende imediatamente por que o voto dos jurados foi unânime.

"Não, não! Se eu fosse um juiz, não daria o prêmio de Melhor Direção de Arte para o sonho. Daria para a própria Sleepland. Ela é muito mais bonita do que seu trabalho...", diz Speedo, hipnotizado pelo rosto de Sleepland, que preenche a tela inteira. Parece que ele vai ser tragado para dentro da telona a qualquer momento.

"Dá licença, Speedo! Não consigo ver nada!", grita o bêbado Vigo Myers. "E você poderia, por favor, prender o cabelo? Há fios caídos por todo o chão."

O prêmio de Melhor Roteiro vai para Hawthorne Demona, que acabou de ganhar Revelação do Ano. Ela está sem palavras e apenas chora, esmagada por mais uma vitória. Em resumo, seu sonho Solidão na Multidão fala sobre ser tratado como uma pessoa invisível. O sonho recebeu ampla aclamação dos jurados por explorar ao máximo os sentimentos e a natureza narcisista de nossa busca por atenção, prendendo-nos numa espiral de solidão.

Aparentemente, não é assim que Vigo Myers enxerga.

"Que bobagem! Sonhos como esse existem desde que eu tinha três anos. Que pilantragem copiar um sonho antigo, fazendo uma pequena adaptação no título. Ela pode ter enganado os jurados, mas não consegue me enganar!"

A cerimônia está chegando ao fim, e agora resta apenas o último prêmio, o Grande Prêmio do Ano. Motail está perambulando por aí, perguntando às pessoas quem vai ganhar: Kick Slumber ou Yasnooze Otra.

"Sua vez, Penny! Em quem você votaria?"

"O que eu ganho se acertar?"

"Humm, verdade, este é o seu primeiro ano. Bom, nós damos um vale-presente a todos os membros da equipe que acertarem o vencedor do Grande Prêmio. É basicamente um agrado de DallerGut. Você pode escolher qualquer sonho na loja sem custo nenhum. É o ponto alto desses prêmios de fim de ano!"

"Isso é sério?" Em choque, Penny olha para DallerGut, sentado a seu lado. O chefe responde com uma feição ambígua, algo entre um sorriso e um choro, ou talvez nenhum dos dois.

"No ano passado, mais de cem funcionários acertaram o vencedor, e quase comecei o ano falido, porque eles só escolheram sonhos caros..."

Penny pensa muito sobre o seu voto e escreve "Kick Slumber" no papel que Motail distribui. Muitos dos funcionários escrevem nomes desconhecidos além de Kick Slumber ou Yasnooze Otra. No papel de Mogberry, há um nome desconhecido, Chef Granbon.

"Mogberry, quem é Chef Granbon?"

"É o dono de uma loja de sonhos que frequento. Ele só vende sonhos de comer e foi muito prestativo quando eu estava de dieta. Graças a ele, consegui comer tantas batatas fritas quanto possível no meu sonho, mesmo na minha dieta. Apesar do efeito colateral de ficar com muito mais fome depois de acordar do sonho, para mim, ele é o melhor. Espere aí! Já vão anunciar o vencedor do Grande Prêmio!"

A apresentação comemorativa acabou, e o anfitrião, vestido em um terno elegante e colorido, sobe ao palco para o anúncio do vencedor.

"São dois os indicados para o Grande Prêmio do Ano. De qual deles é o melhor sonho do ano?"

Lentamente, o apresentador tira um pedaço de papel do envelope. "Ah! Então estes são os dois indicados. Vamos falar com eles agora! O primeiro indicado é Kick Slumber por Voar sobre um Penhasco como uma Águia! A segunda indicada é Yasnooze Otra, por Colocando-se no Lugar de Alguém, Parte 7: Viver como um de Meus Valentões por um Mês!"

A equipe do segundo piso se levanta para aplaudir Vigo Myers, cuja previsão foi corretíssima. Myers dá de ombros satisfeito, seus lábios se contraem.

"Mas apenas um dos indicados levará o Grande Prêmio deste ano! Já posso ouvir os gritos de vocês. A todos que estão nos assistindo ao vivo: quem vocês acham que é o vencedor? Quero ouvir vocês gritarem!"

Assim que o anfitrião diz isso, todos na loja gritam "Slumber" e "Otra". Penny segue o coro e grita: "Slumber!". Ela se sente animada com a agitação no salão, como se estivesse no meio de uma final esportiva.

"E o Grande Prêmio do Ano vai para..."

O apresentador faz mais uma pausa para criar suspense, e o canto da multidão se torna mais rápido, transformando-se em um som alto que está prestes a explodir. O apresentador na tela espera que a tensão chegue ao ápice antes de tomar um grande fôlego e gritar o nome.

"Voar sobre um Penhasco como uma Águia, de Kick Slumber! Parabéns!"

Gritos de alegria e sons de suspiros explodem de uma só vez. Penny abraça quem também escolheu Slumber e gira em círculos com eles, empolgada. Alguns deles são completos desconhecidos, mas ela não se importa, e todos compartilham esse momento de alegria.

Motail comemora, rodando o casaco no ar acima da cabeça. Speedo se encosta na parede desapontado, obviamente tendo votado em Yasnooze Otra. A alegria se estende para fora da Grande Loja de Sonhos, e toda a rua está em festa.

Pela janela, Penny percebe um bando de Noctilucas do lado de fora correndo para lá e para cá, gritando de alegria. Ela tem certeza de que Assam deve estar entre eles. Ele é um ávido fã de Kick Slumber.

Da plateia, Kick Slumber dá um forte abraço em Yasnooze Otra, que o parabeniza de forma genuína. Então ele caminha a passos lentos em direção ao palco. Wawa Sleepland é brevemente capturada pela câmera e está cobrindo a boca, os olhos cheios de lágrimas, como se ela mesma fosse a vencedora.

"O sonho de Slumber captura engenhosamente a sensação realista de uma águia. O desespero que enfrenta na beira de um precipício perigoso e o momento dramático em que ela abre suas asas e voa para o alto! Parabéns, sr. Slumber!" O apresentador lê suas falas enquanto Kick Slumber sobe ao palco.

Quando o vencedor enfim aparece no palco, o salão fica instantaneamente em silêncio. Com pele morena e iluminada, sobrancelhas grossas, mandíbula marcada e olhos escuros como breu, ele está de pé com o auxílio de muletas. Slumber nasceu sem uma parte da perna direita, logo abaixo do joelho.

"Muito obrigado por este prêmio! É uma honra, mais uma vez." Sua voz está tremendo de emoção, mas ninguém consegue perceber. Sua aura imponente supera essa pequena hesitação. "Já fiz muitos discursos entediantes, então desta vez gostaria de compartilhar algo pessoal. Perdoem-me de antemão se parecer chato."

Com essas palavras de Kick Slumber, até Motail, que vinha vagando pelo saguão batendo papo, se senta em silêncio.

"Como vocês podem ver, tenho limitações", continua o vencedor, apontando para a perna direita com a outra muleta. "Quando eu tinha treze anos, meu mentor me ensinou pela primeira vez a criar um sonho de se transformar em um animal. Como alguns de vocês já devem saber, foi assim que meu sonho Atravessar o Oceano Pacífico como uma Baleia Assassina se tornou realidade."

A plateia, em uníssono, solta uma breve exclamação.

"Todos elogiaram a sensação máxima de liberdade que meu sonho possibilitava, meu eu mais jovem pensou na natureza defeituosa da liberdade. Posso andar, correr e voar em um sonho, mas, quando acordo para a realidade, não posso fazer nenhuma dessas coisas. As baleias que vagam pelo oceano não são livres em terra, e as águias que voam pelo céu não são livres no oceano. A liberdade vem de diferentes jeitos e formatos. A todo ser vivo é concedida uma liberdade limitada."

Kick Slumber olha da lente da câmera para o público, e depois volta para a câmera.

"Quando você sente que não é livre?", ele pergunta, como se estivesse conversando com o público, que, atento, prende a respiração.

"Sejam quais forem as suas amarras... um lugar, uma hora ou uma deficiência física como a minha... por favor, não se concentre nessas coisas. Em vez disso, concentre-se em encontrar as coisas que lhe trazem liberdade. E, durante essa jornada, você pode se sentir no limite, como se estivesse à beira de um precipício. Foi assim que me senti este ano. Para aperfeiçoar esse sonho, tive que cair do precipício milhares ou dezenas de milhares de vezes em outros sonhos. Contudo, quando decidi parar de olhar para baixo e resolvi pular do penhasco e voar, finalmente consegui realizar o sonho de voar alto como uma águia no céu. Eu espero muito que vocês também tenham esse momento em suas vidas. Se meu sonho inspirar vocês, mesmo que de forma breve, não haverá mais nada a desejar. Obrigado novamente por este prêmio!"

Um aplauso estrondoso seguiu a fala de Kick Slumber. Ele fecha os lábios com força e então acena para o apresentador em agradecimento por permitir que ele concluísse seu longo discurso. Ele olha de volta para a câmera.

"Também gostaria de aproveitar este momento para agradecer a alguém especial que me ajudou ao longo do caminho. Obrigado, Wawa Sleepland, por contribuir para criar o cenário do meu sonho! Você me presenteou com o oceano profundo, o horizonte ilimitado e o campo a perder de vista. Esta honra é toda sua! Espero continuar nossa parceria por muito e muito tempo."

"Nossa, que casal mais adorável!", exclama Mogberry, cheia de alegria.

Speedo desliza da cadeira, na frente da tela grande.

"Pessoal, o vencedor do Grande Prêmio deste ano é Kick Slumber!" O apresentador pega o microfone. "Esta vai ser uma noite inesquecível para os fãs de Slumber. Obrigado a todos por permanecerem conosco durante este longo evento. Sou Bamadi Han e tive a honra de ser o seu anfitrião. Felizes sonhos de Ano--Novo a todos!"

A cerimônia acabou há um tempo, mas a Grande Loja de Sonhos DallerGut ainda está em festa. As pessoas continuam conversando e compartilhando momentos pós-premiação.

Para a surpresa de todos, Mogberry está num papo animado com as fadas Leprechaun. "Nossa! Você está arrumando meu cabelo? Isso é tão fofo!", diz Mogberry, grata, olhando através de seu espelhinho de mão enquanto algumas das fadas voam à sua volta, arrumando seu baby hair, voando ao seu redor.

"Meu cabelo está tão escuro e brilhante! Todo o meu frizz sumiu. Obrigada, pessoal!"

Penny sente um cheiro de graxa de sapato no cabelo de Mogberry, mas disfarça. Ela tem pensado em como e em que momento perguntar a Myers sobre a sua expulsão da faculdade, mas ele está dormindo profundamente no chão, bêbado. "Talvez da próxima vez", pensa Penny.

DallerGut se levanta em silêncio e começa a contar os vales-presentes para distribuir aos vencedores da aposta. Penny percebe que o número de vales-presentes que ele tem em mãos é maior do que o número de vencedores. Parece que esta noite todos irão para casa de mãos cheias.

Os Noctilucas que estavam varrendo as ruas veem as luzes vindas da loja. Curiosos, eles entram, acompanhados de muitos outros clientes que passam para conferir de perto a agitação ali dentro. O clima é de um verdadeiro festival dentro da Grande Loja de Sonhos.

Agora falta um minuto para o Ano-Novo.

Trinta segundos... Dez... Cinco...

"Três... Dois...", grita DallerGut, em contagem regressiva.

"... Um! FELIZ ANO-NOVO!"

Penny sente que esta última noite do ano, compartilhada com tantas pessoas, terá para sempre um lugar especial em seu coração.

7. "YESTERDAY" E O BENZENO

Era uma manhã de sexta-feira, bem cedo. O homem estava sentado à sua mesa de trabalho. Ele alternava o olhar entre a tela do computador e o lado de fora da janela, que ficava ao lado da escrivaninha. A tela velha e enferrujada da janela fedia a poeira embolorada. O homem deslizou a tela para, desesperadamente, respirar o ar fresco da manhã. Ele esfregou os olhos secos para acordar.

Na esquina da rua, os moradores do grande complexo de apartamentos vizinho iam agitados a caminho da estação de metrô. Se o terreno do prédio onde ele mora fosse um pouco mais baixo, sua casa poderia facilmente ser considerada um semiporão, embora fique no primeiro piso. Talvez não fosse uma má ideia. Isso ao menos reduziria seu aluguel em uns cinquenta mil won.

"Oi! Sim, estou indo para o trabalho agora. Tem planos para mais tarde? É sexta-feira."

Ele podia ouvir nitidamente os barulhos agitados de pessoas falando ao telefone e correndo para pegar o metrô. O mundo lá fora estava animado, como normalmente acontece nesse dia da semana. O homem sentiu uma tontura irremediável só de olhar para a multidão do lado de fora da janela.

"Sou um perdedor. Trancando aqui, levando minha música a sério demais... Será que meu talento é suficiente? A linha entre a ambição e a ganância é tão tênue..."

O homem está concentrado em criar uma composição original para o teste que conseguiu a duras penas. Mas ele não gostava de música alguma que criava.

Seu sonho é ser cantor. Nunca quis outra coisa para a sua vida. Quando era jovem, ingressou em uma pequena agência de talentos musicais, mas seu *debut* fracassou. O tempo passou voando, e ele entrou em seus vinte e poucos anos. Agora tem vinte e nove.

No início deste ano, um de seus vídeos cantando, conteúdo que ele postava nas redes sociais vez ou outra, viralizou por um tempo. Isso até lhe rendeu a oportunidade de fazer um teste em uma grande agência, mas a devolutiva o levou de volta à estaca zero.

"Seu timbre é mais confuso do que esperávamos. Que tal escrever suas próprias músicas? Podemos remarcar. Na verdade, estamos lhe dando outra chance."

Para sobreviver, o homem precisa desesperadamente de empregos de meio período. Sua vontade é se matricular em uma escola de música ou ter aulas de teoria musical para dominar, de fato, os instrumentos, mas não tem tempo nem dinheiro. Depois de perguntar por aí, conseguiu a indicação de um software de composição, que instalou em seu computador de segunda mão e aprendeu sozinho a escrever suas próprias canções.

Em certos meses, gastou mais do que ganhou, já em outros apertou o cinto e felizmente conseguiu economizar algum dinheiro. Em suma, se sente como um hamster correndo em uma roda, sem sair do lugar, não importa o quanto ele se esforce.

O homem fez mudanças constantes nas melodias e praticou as canções até a garganta doer. Teve pouco tempo até o teste para terminar a composição. Ele só precisava de uma música cativante e sentiu que estava quase lá. Por esse motivo, ficou acordado a noite toda pensando nisso.

Seus olhos ardem e, para piorar as coisas, ele está com fome. Não há nada para comer em casa. Embora haja uma loja de conveniência perto dali, a cinco minutos a pé, prefere não ir lá na hora do rush matinal. A ideia de ser o único com olheiras, andando no sentido contrário à multidão até a loja de conveniência, enquanto todos os outros correm para o trabalho, é inconcebível.

O homem desvia o olhar da janela e decide absorver a agitação do lado de fora usando apenas os ouvidos. Ele presta atenção nos passos e nas vozes das pessoas e os usa como inspiração para sua música, pressionando teclas semelhantes a cada som em seu teclado.

Ele tenta incorporar à música a voz do transeunte que ouviu falando ao celular. Sua ideia é captar a natureza descontraída dos trabalhadores contratados em tempo integral em uma sexta-feira, empolgados para o fim de semana. Ainda assim, a música não o satisfaz. O homem não sabe o que é um fim de semana tranquilo e cheio de possibilidades, como o do cara ao telefone, por isso não consegue imitar essa sensação em sua composição.

Ele precisou fazer uma escolha. Teve que pesar as coisas das quais poderia desistir para ir atrás do seu sonho. Para isso, desistiu da vida que as pessoas da sua idade levavam. Mas desistir do sonho de se tornar cantor estava fora de cogitação. O desejo sincero de cantar já se tornara parte dele, não conseguia se imaginar fazendo outra coisa. E, da mesma forma, continuava se esforçando para se aceitar do jeitinho que era.

Em seu quarto minúsculo, ele continua a trabalhar na música. Seu computador usado zumbia alto, como se fosse explodir a qualquer momento, enquanto lutava para rodar o software de ponta, muito mais pesado que a sua capacidade. Frustrado, o homem fecha o programa. Em seguida, abre o navegador e digita a primeira coisa que lhe vem à mente.

O que fazer quando você está frustrado?
O que fazer quando você sente que não é ninguém?
O que fazer quando você tem sonhos, mas não tem talento?

Ele encontra perguntas semelhantes, mas sem respostas satisfatórias.

Temos que ser bem-sucedidos? Se você deu o seu melhor até agora, isso já não seria um sucesso?

Não é o que ele quer ouvir agora. Ele então digita "inspiração" no mecanismo de busca, em diversas línguas, esperando que isso acenda a inspiração em si mesmo.

Inspiração: *o processo de ser mentalmente estimulado para fazer algo criativo.*

Era exatamente isso que ele buscava todo esse tempo, mas ainda não alcançara. Apesar de saber que não é possível conseguir inspiração procurando na internet, ele se sente tão impotente que se agarra a qualquer coisa. Então muda os termos de pesquisa para coisas mais concretas.

Como obter inspiração?

Assim que clica em "pesquisar", uma lista de inúmeros vídeos e sites surge. Ele começa a rolar para baixo, lutando contra o sono, até que seus olhos se fixam em uma página que lhe chama a atenção.

Gênios que se inspiraram em sonhos

De acordo com a biografia de Paul McCartney e dos Beatles, McCartney compôs "Yesterday" em um sonho. Assim que acordou, foi direto para o piano e tocou as notas antes que as esquecesse. Mas uma preocupação de repente o invadiu: e se aquela fosse uma música composta por outro artista que, de alguma forma, tivesse ficado em seu subconsciente e se manifestado em sonho?

"Durante um mês, procurei todo mundo que eu conhecia na indústria para perguntar se eles já tinham ouvido aquela música. Eu sentia como se tivesse levado um item à sala de achados e perdidos. Como ninguém reivindicou a autoria da música por várias semanas, decidi que poderia considerá-la minha."

Foi assim que um verdadeiro clássico do nosso tempo, "Yesterday", nasceu de um sonho de Paul McCartney.

A estrutura do benzeno, proposta pelo químico alemão Kekulé, é outro caso amplamente conhecido de criação inspirada por um sonho. Segundo uma anedota, Kekulé sonhou com uma cobra mordendo a própria cauda, o que por sua vez o inspirou a pensar no anel de benzeno. Aquilo rompeu com a teoria convencional de que as estruturas moleculares se configuram em formas lineares...

Uma sonolência extrema toma conta do homem. Quanto mais ele tenta se concentrar em suas letras, mais pesadas suas pálpebras ficam. Ele acaba cochilando com a cabeça apoiada na mesa do computador. Até o momento em que adormeceu, uma miríade de melodias inundava sua mente enquanto tentava compor o refrão, e ele foi dormir envolto em uma nuvem de notas musicais.

A equipe da Grande Loja de Sonhos faz fila na recepção com o vale-presente em mãos. Aquele era o vale-presente que DallerGut havia entregado a todos na festa de final de ano para trocar por um sonho grátis.

"Pessoal, por favor! Mantenham a organização e digam qual sonho desejam. Temos que concluir todas as trocas até o almoço. Tentem selecionar itens com um preço razoável. Afinal, vocês trabalham aqui!", instrui a sra. Weather na recepção.

"O que será que eu escolho?", pergunta-se Penny, esperando na fila com os outros funcionários da loja.

"Vou te dar uma boa dica. Se você não tem ideia do que escolher, imite o Motail", diz Mogberry, apontando para Motail um pouco mais à frente, que dava uma bronca em Speedo por furar a fila.

"Speedo, eu cheguei primeiro!"

"Desculpe! Eu odeio pegar fila. Você não pode me deixar passar, só desta vez? Você é tão inflexível!"

"Até parece! Por favor, volte para o final da fila." Motail não se move. Com o cabelo comprido balançando, Speedo continua empurrando Motail usando todo o seu corpo.

"Aqueles dois estão brigando de novo."

Penny nota a confusão, mas depois volta ao assunto: "A propósito, o que você quer dizer com 'imitar o Motail em caso de dúvida'?".

"Penny, você já se perguntou por que aqueles dois foram contratados?"

"Bom, já percebi que Speedo é incrivelmente rápido e eficiente. Ouvi dizer que ele é o único aqui que consegue processar a quantidade de sonhos de cochilos na velocidade que isso requer."

Penny não conseguia entender como Speedo havia se tornado o gerente do quarto piso. Até que uma vez o viu trabalhando. Por mais tarefas que tenha, sempre consegue terminar tudo até o final do dia. Não existe hora extra no mundo de Speedo.

"E Motail?", pergunta Mogberry.

"Motail... faz ótimas vendas. Ele é um marketeiro nato."

"Não é só isso. Tenho certeza de que ele mais desvia mercadoria do que vende. E, é claro, DallerGut sabe de tudo."

"Então por que não o demite?", pergunta Penny.

"Porque... cada sonho que Motail se empenha em vender ou desviar acaba se tornando um sucesso! Motail tem o talento de encontrar pérolas no meio da lama. No ano passado, ele pegou o sonho recém-lançado de uma produtora desconhecida. As pessoas zombaram dele, dizendo que ele estava desperdiçando seu vale-presente, até que esse sonho se tornou um grande sucesso."

Quando chega a sua vez, Penny decide seguir o conselho de Mogberry e escolhe o mesmo sonho que Motail.

"Sinto muito, Penny! Esse esgotou", diz a sra. Weather. "Por que todo mundo está pedindo a mesma coisa que Motail?"

"Poxa... Você pode me dizer que sonho ele pediu? Só por curiosidade."

"Chama-se Elevador Fantástico. Basicamente, é só pensar em um lugar que você deseja visitar antes que a porta do elevador se abra no sonho e ele a levará ao local desejado em todos os andares. Parece que ele pode valer bastante se você souber como se concentrar enquanto sonha."

"Que pena! As pessoas que gostam de sonhos lúcidos iriam adorar esse. Vou querer Encontro com Celebridades, então." O humor de Penny melhorou só de pensar em tirar um dia de folga e dormir até tarde, curtindo o sonho.

"Acabamos! Vamos nos preparar para voltar ao trabalho no turno da tarde, pessoal!", grita a sra. Weather enquanto as pessoas na fila se dispersam.

"Penny, você pode cuidar da recepção por um tempinho? Tenho que passar no banco para resolver uma coisa para DallerGut. Você consegue cuidar da recepção sozinha?"

"Mas é claro!", ela responde, confiante.

Em menos de trinta minutos, a confiança de Penny já havia ido por água abaixo. Em vez disso, ela está nervosa por ter de lidar com um cliente inconveniente. Ele parece querer criar confusão, resmungando que já conferiu em todos os andares, mas não encontrou o sonho que procurava. A ida ao banco da sra. Weather está demorando mais do que o esperado, e DallerGut tem uma reunião fora com um produtor de sonhos. Penny agora enfrenta seu maior desafio desde que começou a trabalhar ali.

"Sinto muito! Mas não vendemos esse sonho aqui, senhor."

"Você poderia verificar novamente? Também quero um Sonho Inspirador. Preciso de um desses agora", insiste o homem abatido. Sua pele é áspera e seu cabelo, espesso, mostrando sinais de cansaço em um corpo desnutrido. Só os seus olhos intensos não eram fortes o suficiente para mantê-lo de pé.

"Ouvi histórias sobre os Beatles e o anel de benzeno de Kekulé, e é por isso que estou aqui! Eles disseram que se inspiraram em sonhos. Você não tem permissão para vender esse tipo de sonho para pessoas como eu? É porque é muito caro?"

"Sinto muito! Não tenho ideia do que você está falando. Como assim, os Beatles? E o que é anel de benzeno? Por favor, não me entenda mal. Todos os nossos pagamentos são processados posteriormente, então o preço nunca será motivo para recusar a venda de um sonho, senhor."

Penny examina todo o catálogo da loja, mas não consegue encontrar nenhum Sonho Inspirador. Será que existem sonhos ocultos que desconhece? Ela reflete por um momento, depois decide ligar para todos os gerentes pelo ramal para pedir ajuda.

"Fui vendedor de sonhos minha vida inteira e nunca ouvi falar desse sonho. Não há sonho que eu desconheça. Paul McCartney? Tenho certeza de que ele já esteve na loja, mas não me lembro exatamente. Não costumo dar muita trela para os clientes. Mas uma coisa que posso garantir é que esse sonho não existe em nenhum lugar do mundo", diz Vigo Myers, do segundo piso, ao homem.

"A propósito, você parece bem indisposto. Está se sentindo bem?", pergunta Mogberry, do terceiro piso, preocupada.

"Senhor, há quantas horas você está acordado?", pergunta Speedo, do quarto piso, avaliando a condição do homem.

"Quarenta... Não... Quarenta e oito horas?"

Em uníssono, todos suspiram profundamente e dizem, com firmeza: "A primeira coisa que você precisa é dormir".

O cliente parece desesperado, como se a sua última esperança lhe tivesse sido tirada.

"O que todos vocês estão fazendo aqui no primeiro piso?", pergunta DallerGut enquanto tira o casaco, depois de voltar de sua reunião fora.

"Bom, é que..." Penny explica a situação para DallerGut, que reflete sobre o assunto. O homem se anima com um vislumbre de esperança ao ver que DallerGut, que parece um superior ali, está prestando atenção à sua história.

"Não tenho certeza se isto irá te ajudar." DallerGut entrega algo ao homem. "Por favor, coma isso no seu caminho de volta."

"Isto me dará inspiração?", pergunta o homem, entusiasmado.

"Bom, depende."

O cliente aceita com prazer. Ele agarra com firmeza o pacote que recebeu e corre para fora da loja antes que as outras pessoas possam ver o que é.

Como já é o finalzinho da tarde, o homem percebe que dormiu profundamente. Sua garganta e seu pescoço estão doloridos por dormir numa posição desconfortável, com a cabeça apoiada na mesa. A sua mente, porém, está revigorada.

Ele também percebe que todas as melodias que antes se embaralhavam em sua mente agora estão organizadas e fluidas. O homem toca notas no teclado sem saber de onde vem a melodia.

"Já ouvi essas músicas antes? Ou eu as ouvi durante o sonho?", pergunta-se, inseguro. E conclui: "De todo modo, é melhor anotá-las antes que as esqueça".

Ele então começa a preencher as lacunas da melodia para completar a música. Sem entender como isso aconteceu, a única certeza que ele tem é que essa é a música que ele procurava. O homem está profundamente satisfeito com o resultado da música e mal pode esperar para tocá-la para as pessoas. O teste de amanhã será só a primeira oportunidade.

O cliente demora algum tempo para voltar à Grande Loja de Sonhos para encontrar DallerGut.
"Eles adoraram a música. Mas, mais do que qualquer outra pessoa, eu adorei a música. Eu mesmo escrevi a letra. Tenho vergonha de dizer isso, mas é baseada na minha história pessoal", diz. Sua aparência está muito mais saudável. "Estou gravando esta semana. Eu quis passar aqui para agradecer. Os sonhos são uma maravilha, de fato. E esse sonho resolveu um problema que eu vinha enfrentando fazia muito tempo. Devo muito a você." O homem faz uma reverência respeitosa.
"Na verdade, não há necessidade de me agradecer, senhor."
"Como assim? Então... a quem devo agradecer?"
"Você deveria estar se agradecendo."
"O quê?"
"Eu te dei um pedaço de Doce do Sono Profundo, só isso. Para ajudá-lo a dormir, sabe?" DallerGut pega alguns desses doces e os mostra na palma da mão.
"Esse sonho estava em sua mente o tempo todo."
"Sério?"
"A ideia de 'inspiração' gera comodismo. Faz você acreditar que algumas grandes ideias podem surgir do nada, como um quadro em branco. Mas, na verdade, uma grande ideia depende de quanto tempo você gasta trabalhando nela, e é isso que faz toda a diferença. Se você gasta tempo suficiente procurando a resposta ou não, essa é a chave. Meu caro, você apenas insistiu e trabalhou até encontrar sua resposta."
"Então isso significa que tenho talento? Você acha que posso fazer sucesso?"
"Acredito que você deveria saber melhor disso do que ninguém. Não sou especialista nessa área. Sugiro, de verdade, que

você durma tanto quanto trabalha. Se quiser continuar cantando por mais tempo, claro. O sono ajudará você a organizar a mente."
"Só isso? De qualquer maneira, eu ainda quero agradecer você. Só por... tudo." O homem não consegue parar de expressar sua gratidão.
DallerGut o encara de volta meio envergonhado, meio satisfeito. Então, como se tivesse acabado de ter uma ideia, toca os lábios e pergunta: "Se você deseja tanto me agradecer... você autorizaria que eu criasse um sonho baseado na sua história?".
"Na minha história? Por quê?"
"Bom... Tenho conversado com um produtor amigo meu sobre nossa próxima linha de produtos e preciso de algumas amostras de histórias. Mas você teria que aprovar o uso da história, claro. E entendo perfeitamente se você recusar."
"Qual é sua próxima linha de produtos?"
"Ainda não está completamente definida, mas já temos um título provisório. Vai se chamar A Vida dos Outros. Nosso plano é lançar primeiro a versão beta. Estou muito ansioso, porque a parceria é com um produtor muito talentoso."
"Isso parece divertido! E, se minha história for ajudar de alguma forma, por favor, vá em frente e use-a."
"Isso é um sim, então?"
"Claro! Os sonhos são uma coisa interessante. Também é incrível que a palavra tenha duplo sentido. Pensando bem, é engraçado dizer que encontrei meu sonho em um sonho?" O homem ri de sua própria anedota.
Ele parece muito mais relaxado e descansado do que em sua última visita. Penny acha que é porque ele tem dormido mais desde então.
Antes de sair da loja com dois produtos de sonho breve, o homem olha ao redor demoradamente.
"Tenho a sensação de que ele se tornará um cliente regular. Acho que vou encomendar uma nova balança de pálpebras para ele", diz Penny, observando-o enquanto ele sai da loja.
"Ah, é? A sra. Weather deve conhecer a empresa que fabrica balanças de pálpebras customizadas."

"Claro! Vou cuidar disso", diz Penny rapidamente.

"E mais uma coisa. Você pode ligar para Yasnooze Otra e dizer que ela já pode começar a produção da linha que discutimos da última vez? Ela vai ficar animada em saber que encontramos a tão esperada amostra."

8. A VIDA DOS OUTROS (VERSÃO BETA)

Em sua primeira viagem a trabalho, Penny se vê em um vilarejo nos arredores da cidade cheio de mansões magníficas e luxuosas.

"Yasnooze Otra diz que completou a amostra da linha para o nosso novo lançamento. Você pode ir buscá-la para mim? Aproveite para tomar um pouco de ar fresco no caminho." Foi tudo o que DallerGut disse a ela.

Penny está sozinha sentada no hall de entrada do primeiro piso de uma mansão enorme. Numerosas luzes embutidas no teto de pé-direito alto emitem uma iluminação clara e suave sobre a sala de estar. Pelos janelões de vidro, Penny pode ver lá fora um jardim com algumas esculturas abstratas que se integram lindamente à paisagem.

Cortinas azuis finas, com uma estampa bonita, dançam ao vento, esvoaçantes. A casa como um todo exala um ar de maturidade, talvez pelo uso de Calma no difusor. Penny acha que essa elegância combina perfeitamente com Yasnooze Otra. Ela se pergunta quantos anos de salário precisaria economizar para morar em uma casa como esta. O cálculo a desanima um pouco.

Otra ainda deve estar no piso superior, trabalhando. Apenas os funcionários da casa estão se movimentando em torno de Penny. Como se pedissem desculpas por fazê-la esperar tanto, continuam trazendo-lhe suco com pedaços de uvas verdes, pastéis de nata e croquetes caseiros recheados com legumes.

A equipe é tão elegante quanto Otra. Com braços e pernas alongados, eles andam pela casa com roupas desconfortáveis, como se fossem modelos. Penny percebe que sua roupa é muito larga, então ela a puxa por trás para parecer mais justa.

Como a espera continua, Penny começa a se perguntar se Otra esqueceu que ela viria. A cabeça de um menino espia por cima do corrimão do segundo piso.

"Você é da Grande Loja de Sonhos DallerGut? A sra. Otra pede que você venha ao segundo piso!"

No piso superior, há mais de uma dúzia de quartos. Penny segue o menino até a última sala à direita, no final do corredor. No caminho, eles passam por uma mulher vestindo uma camiseta de algodão neutro e shorts. Ela está saindo do escritório e parece ser uma cliente de Otra.

"Ela é cliente?"

"Sim. A sra. Otra se encontra pessoalmente com os seus clientes em casa. A maior parte de seus trabalhos é feita sob medida, por meio de conversas individuais. Acho que aquela cliente em particular teve sua terceira reunião hoje. Ela provavelmente virá mais algumas vezes para finalizar todos os detalhes. A reunião delas deve ter durado mais do que o esperado. A sra. Otra costuma ser muito pontual."

O menino para em frente a uma sala com um autorretrato de Otra pendurado na porta. Ele dá duas batidinhas na porta. O retrato em preto e branco captura o perfil lateral de Otra, com os olhos fechados.

"Pode entrar!"

"Obrigada."

Penny abre a porta e cumprimenta Otra, que está com o cabelo mais curto do que na reunião geral.

"Bem-vinda! Peço desculpas por ter deixado você esperando."

"Não se preocupe. Não esperei muito. Sou Penny, da Grande Loja de Sonhos DallerGut."

"Ah! Você estava na cabana de Nicholas da última vez. Eu me lembro de você."

Otra está vestindo uma blusa com mangas elegantes e calça de cintura alta. Ali é seu estúdio, com vários materiais de referência e fotografias. A sala parece um set de filmagem, complexa, mas arrumada, e está mobiliada com uma estante repleta de revistas de moda e uma enorme vitrine, que poderia facilmente estar em uma loja de sonhos. Penny está curiosa para saber que tipo de sonhos há ali.

Otra, cruzando as pernas, se senta primeiro no sofá, de costas para a janela. Penny segue o exemplo e se senta em outro sofá, de frente para Otra, deixando uma distância adequada entre elas. A produtora de sonhos serve café forte em sua caneca. O aroma amargo toma conta da sala.

"Você aceita?"

"Estou bem, obrigada! Sua equipe lá fora me deu um monte de coisas para comer e beber."

"Entendo. Já eu preciso desesperadamente de um pouco de cafeína. Foi um dia difícil. Três clientes vieram de manhã para me consultar sobre os seus sonhos."

"Sim, eu vi uma saindo agora há pouco. Ouvi dizer que ela já se encontrou com você algumas vezes."

"Sim. É comum que meus clientes, como aquela senhora, estejam em negação. Desperdiçam tempo comparando suas vidas com a dos outros. E a coisa tem piorado." Otra passa os dedos esguios pelos cabelos curtos. "Preciso de mais algumas sessões com ela antes de começar a trabalhar, porque ainda não estou totalmente certa do que ela quer. Estou tentando descobrir que tipo de ajuda posso oferecer", diz ela, bebericando seu café. "Enfim. E a viagem? Foi difícil chegar aqui?"

"Não, de jeito nenhum. Fiz uma viagem bem agradável, graças ao seu motorista. Agradeço de verdade!", responde Penny, que constantemente se distrai olhando para a vitrine fechada com portas grossas ali perto. O móvel, num estilo rococó exagerado, tem um termômetro digital acoplado e parece destoar bastante do resto. Aparentemente, há um circulador de ar embutido em algum lugar, pois Penny ouve um zumbido baixinho. "Os sonhos ali devem ter valor inestimável", pensa Penny.

"Vitrine barulhenta, não acha? Quer dar uma olhada?"

"Posso?", pergunta Penny, ficando em pé num salto.

"Claro!"

Otra se levanta e caminha em direção à vitrine. Algumas das caixas de sonhos expostas ali estão embrulhadas em diversas camadas de papel. Outras, armazenadas separadamente em caixotes enormes fechados por cadeado. Penny já ouviu falar que Otra se contenta em colecionar sonhos que são tão preciosos quanto roupas de grife.

"Consegui tudo isso sozinha, trabalhando duro ou dando lances em leilões."

Otra abre a vitrine e pega um dos caixotes maiores trancado com cadeado.

"Este tem mais de trinta anos. Meu falecido mentor o produziu."

"Não está estragado a essa altura?"

"Não. Deve estar tudo bem. Nunca vi um sonho do meu mentor estragar. Tomo muito cuidado com isso."

"Que tipo de sonhos ele fazia?"

Penny não consegue acreditar que está tendo uma conversa frente a frente com uma produtora lendária. Ela decide manter a compostura e não deixa transparecer que está deslumbrada.

"Meu mentor também criava sonhos que permitiam que você vivesse a vida de outras pessoas. Ele era um produtor incrível. Sempre enfatizou a importância de colocar nosso coração e nossa alma em cada sonho. Em toda a minha vida, certamente nunca realizarei metade das coisas que ele realizou."

"Mas você faz parte dos lendários produtores de sonhos. Tenho certeza de que seu mentor deve estar muito orgulhoso de você", elogia Penny.

"Esse adjetivo tão embaraçoso, 'lendário' ou sei lá o quê, não passa de um truque da associação para vender mais..." Otra fica tímida. "Sabe qual é o prazo de validade deste sonho do meu mentor?"

"Não faço ideia. Qual?"

"Setenta anos. Setenta! Acredita? Ele dedicou até a última gota da sua alma neste sonho e depois me entregou. Quando sinto muita falta dele, considero abri-lo e sonhá-lo. Eu poderia vislumbrar o momento em que nos vimos pela primeira vez ou espiar as dicas e os conhecimentos inestimáveis que tornaram esta obra-prima possível."

"E por que não faz isso?"

"Porque, depois, o sonho vai desaparecer. Por enquanto, estou contente por poder mantê-lo na vitrine sob meus cuidados. Quanto a este outro abaixo dele, por pouco não o perdi num leilão. É o trabalho de estreia de Nicholas, de quando ele era muito jovem. Acho que ele nem sabe que eu tenho isso. Penny, recomendo fortemente que você se interesse pelo mundo dos leilões de sonhos. Como investimento, valem muito mais do que obras de arte", aconselha Otra. "Agora, vamos aos negócios?"

A produtora vai até sua mesa e tira uma caixinha do fundo da gaveta. Penny e Otra sentam-se frente a frente com a pequena caixa entre elas.

"Esta é uma versão beta que fiz com a amostra que vocês enviaram outro dia. Para o título, gostaria de manter a sugestão de DallerGut: A Vida dos Outros. Eu adorei."

"A propósito, qual seria o público-alvo? DallerGut nunca me dá nenhuma informação…" Penny parece confusa.

"Posso soar antiquada, mas acho que as pessoas desta geração tendem a se comparar demais umas com as outras. Eu entendo que, até certo ponto, é inevitável." Agora é Otra que dá de ombros. "Mas, se chega ao ponto de impedir que você consiga se concentrar na sua própria vida, isso é definitivamente um problema. Este sonho é feito para essas pessoas."

Otra empurra gentilmente a pequena caixa na direção de Penny.

"Tenho certeza de que vai ser um grande sucesso! Como tudo o que você faz."

"Vai saber? Pode ser que ninguém se interesse por ele. Estou ansiosa para ver como DallerGut vai anunciá-lo. Meus sonhos não costumam vender tão bem", diz Otra, tentando ser modesta.

"Até parece! Suas criações desaparecem das prateleiras."

"Um dos meus trabalhos do ano passado, Colocando-se no Lugar de Alguém, Parte 7: Viver como um de Meus Valentões por um Mês, foi bem recebido pela crítica, mas as vendas foram baixíssimas. Quem em sã consciência escolheria viver como seu valentão? Eu deveria ter colocado um título menos direto." Otra dá uma gargalhada sincera. "Sem propaganda, meu trabalho não vende bem. É por isso que investimos tanto dinheiro em comerciais de TV e outdoors. Se eu reduzisse os custos com anúncios, poderia comprar cortinas novas para o meu escritório. De qualquer modo, já que não faremos um plano de marketing desta vez... você e DallerGut terão um papel crucial a desempenhar na venda deste sonho."

Penny sente que tem nas mãos a tarefa mais importante desde que começou nesse emprego.

"Claro! Pode confiar em mim."

"Obrigada!" Otra sorri. "A propósito, deveríamos marcar a caixa, para que não se misture com as demais." A produtora de sonhos então começa a escrever algo na superfície da embalagem.

A Vida dos Outros (Versão Beta) — por Yasnooze Otra

Tal qual uma agente secreta em uma missão especial, Penny acomoda cuidadosamente a caixinha bem no fundo da bolsa. Ela então se apressa para sair da mansão, voltando diretamente para a Grande Loja de Sonhos.

O homem dormiu até tarde naquele domingo preguiçoso. Depois de fazer sua primeira refeição do dia, fora de hora e pouco nutritiva, ele coloca a roupa acumulada para lavar. Já é finzinho de tarde quando ele se deita no sofá para assistir à reprise de um programa de música na TV. A cada episódio, três participantes são entrevistados e apresentam suas músicas no formato de um minishow. Quando liga a TV, o homem fica feliz ao ver que um dos entrevistados é o compositor da música que ele vem ouvindo sem parar nos últimos tempos.

"Nosso último convidado é tão popular que muitos artistas estão fazendo fila para fazer uma parceria com ele!", introduz o apresentador antes de chamá-lo para o palco. "E eu me incluo nessa, claro! Estou morrendo de vontade de pedir o número de telefone dele depois deste show", acrescenta, em tom de brincadeira. "Mantendo-se em primeiro lugar nas paradas há dois meses consecutivos, por favor, deem uma salva de palmas para Do-hyun Park!"

O homem viu esse cantor pessoalmente alguns dias atrás. Tinha se espalhado pela cidade o boato de que Do-hyun Park estava prestes a se mudar do local onde havia morado por muito tempo, um prédio abandonado que ficava numa rua pela qual o homem sempre passava para ir ao trabalho. Então, no dia da mudança, ele e alguns outros curiosos se amontoaram para ver o cantor. Mal podia acreditar que morava tão perto de uma celebridade.

"Sua agenda deve estar lotada esses dias!", comentou o apresentador.

"Sim, a vida está bem agitada. Mas eu gosto."

"Já caiu a ficha? De que está famoso e tal?"

"Não. Ainda não. Não consigo acreditar." O cantor abriu um sorriso largo.

"Imagino que muita coisa tenha mudado nesses últimos tempos. Como é isso para você? Achava que sua primeira música faria tanto sucesso?"

"Minha vida virou de cabeça para baixo. Até pouco tempo, eu era desconhecido do grande público, e nunca pensei que uma música minha se tornaria tão popular. Só sei que fiquei muito feliz com o resultado dessa faixa assim que a compus, e é isso que realmente importa para mim."

- "Muitos amigos antigos devem estar tentando retomar o contato com você, suponho..."

"Sim, essas coisas acontecem. Mas ainda sinto que estou sonhando. Estar aqui neste estúdio, por exemplo. Sempre assisti ao seu programa, mas nem ousava imaginar que chegaria até aqui. Para mim, qualquer palco pequeno já estava de bom tamanho."

"Como deve ser bom ter uma vida tão glamorosa...", pensou o homem, com os olhos fixos na tela da TV.

Ele vinha se sentindo muito entediado ultimamente. Por mais que tivesse uma namorada e um emprego estável, os dias pareciam todos iguais: acordar, se arrumar para ir ao trabalho, encontrar as mesmas pessoas, conversar sobre os mesmos assuntos durante o almoço... e assim por diante. O homem se considerava sortudo por não precisar trabalhar horas extras e poder voltar para casa depois do trabalho. Os fins de semana passavam voando, um igual ao outro. A sensação dele era a de viver uma tortura suportável.

"Já a vida desse cantor deve estar regada a novas pessoas e novas experiências. Deve ser incrível se sentir amado por milhares de pessoas! E os royalties de suas músicas devem ser enormes também."

Nos últimos tempos, sempre que alguma celebridade aparecia na TV, o homem imediatamente pesquisava sua idade e suas conquistas. Se fosse uma pessoa mais velha do que ele, não havia problema, mas, se tivesse a mesma idade ou fosse mais nova, aquilo o desanimava.

"Como nossas vidas podem ser tão diferentes se temos a mesma idade?"

Não que ele tenha muito a reclamar sobre a própria vida. Ele apenas gostaria de que ela fosse mais extraordinária. Ouvir que pessoas especiais nascem com um talento especial o leva a pensar que nasceu mediano, simples assim. Isso o deixa muito frustrado.

Uma enxurrada de pensamentos passa por sua mente enquanto está deitado no sofá. Ele sente as pálpebras cada vez mais pesadas. "Quanto mais durmo, mais sonolento fico. Acordei não faz muito tempo... E poderia dormir de novo."

Então, ele cai em um cochilo profundo com a TV ligada.

O homem está na sessão de cochilos no quarto piso da Grande Loja de Sonhos DallerGut. Um funcionário inconveniente, de cabelos compridos e macacão, o persegue, dificultando a sua espiadinha nas prateleiras.

"Os sonhos bons esgotam bem rápido, sobretudo os de soneca. As pessoas adquiriram o hábito de cochilar hoje em dia, e hoje é fim de semana ainda por cima. Sendo assim, recomendo que você pegue logo o que sobrou, sem ficar escolhendo muito. Ou então vai para casa de mãos vazias", informa o funcionário de cabelos compridos e macacão, ainda pressionando o cliente.

O homem tenta se esconder num cantinho chamado "Viagem curta no cotidiano". Contudo, ao que parece, todos os pacotes de viagem divertidos já estão esgotados.

"Que tal este aqui, senhor? É o meu favorito." O funcionário consegue alcançar o homem, incomodando-o mais uma vez. O sonho que ele tem em mãos se chama Voar para o Trabalho. A parte do "voar" é atraente, mas a palavra "trabalho" o incomoda.

"Prefiro não sonhar com o trabalho no domingo."

"O quê? Fala sério! Olha só, você pode chegar ao trabalho em apenas três minutos, sem trânsito algum!" Speedo parece estar em estado de choque.

"Se chegar mais cedo ao trabalho não te libera mais cedo, por que isso seria útil...?" O homem se afasta.

"A questão não é essa! Quero dizer que você pode fazer as coisas mais rapidamente, seja no deslocamento para o trabalho ou não. Entende?"

"Ah, bem... Não, obrigado! Vou deixar os sonhos de lado por enquanto e, em vez disso, só dormir um pouco."

O cliente não quer mais ser incomodado. Ele vira as costas para Speedo, que faz um bico indignado, e pega o elevador para descer e sair da loja. É DallerGut quem o detém por pouco.

"Senhor, posso perguntar quanto tempo de sonho você está procurando?"

"Cerca de quinze minutos. Só estou tirando uma soneca."

"Quinze minutos, isso é... perfeito! E você está procurando algo diferente, certo?"

"Como você sabe? Minha vida é chata e sem diversão. Um tédio. Todos os dias parecem iguais", o homem diz de imediato, como se tivesse ensaiado aquela resposta.

"Que tal este aqui? Ele se chama A Vida dos Outros (Versão Beta). Conta com toda a sabedoria mágica de ajuste do tempo de Yasnooze Otra. Tecnicamente, você vai sonhar por apenas quinze minutos, mas terá uma experiência bastante longa e especial." DallerGut promove o sonho com entusiasmo. "E como é apenas uma versão de teste, ela está pela metade do preço."

"A Vida dos Outros? O título é bem interessante! Que tipo de vida é? E de quem?"

"Você saberá quando estiver no sonho. Mas adianto que é sobre a vida de um célebre cantor que ficou famoso da noite para o dia. Tenho certeza de que você o conhece."

Um cantor em particular vem à mente do homem.

"Para falar a verdade, eu cochilei enquanto via esse cantor num programa de TV! Que coincidência!"

"Bom, talvez não seja uma coincidência", diz DallerGut misteriosamente.

No sonho, o homem está em uma quitinete. Exausto por dormir pouco, sente uma forte enxaqueca devido ao bloqueio criativo. Um quarto minúsculo. Um ruído alto do computador de segunda mão tentando processar o software pesado. Frustrado, o homem fecha o programa.

Levando uma vida que carece do básico, ele já abandonou há muito tempo sua ambição por dinheiro ou fama. Seu único objetivo agora é terminar de compor uma música que o deixe satisfeito.

O homem abre a tela da janela para deixar entrar o máximo do ar fresco da manhã, esfregando com força os olhos secos para se manter acordado.

Da janela consegue ver, na esquina, a estação de metrô, para onde se dirigem os agitados moradores do grande complexo de apartamentos vizinho.

"Oi! Sim, estou indo para o trabalho agora. Tem planos para mais tarde? É sexta-feira." O trabalhador ao telefone é, sem dúvida, ele mesmo. No entanto, o homem não se reconhece dentro do próprio sonho.

Nos dias que se sucedem, ele se afunda em autodepreciação, seja por causa do desemprego, seja pelo sentimento de culpa em relação à família. Seu orgulho ferido faz com que evite ligações de amigos e familiares, por medo de que perguntem sobre a sua vida. Acorda. Trabalha. Dorme. Repete.

E assim o homem passa quinze dias sendo músico dentro do sonho.

O homem acorda de seu cochilo. Ele percebe que dormiu pouco tempo, porque o programa a que estava assistindo na TV antes de cochilar ainda não terminou. O cantor está concluindo sua fala antes de tocar a última música.

"Esta canção é sobre tudo o que eu senti nos últimos oito anos, quando ainda era um cantor desconhecido. Por fora, eu conseguia fingir que estava tudo bem, mas ao voltar para casa tinha que encarar todas aquelas emoções reais. Olhando para trás, não sei como aguentei tudo isso."

Oito anos! O homem pensa na dor que sentiu por míseros quinze dias dentro daquele sonho. Ele não consegue nem imaginar todo o sofrimento do cantor por ter vivido daquele jeito por oito anos.

As pessoas estão indo na mesma direção.
Contra a corrente deles, eu vou à loja de conveniência.

É uma performance calma. O homem ainda consegue visualizar seu eu do sonho, mas estranhamente sobreposto ao cantor que ele vê na tela.

O sol se pondo na varanda lança seus raios sobre a sala de estar. Ele franze a testa. O pôr do sol parece ainda mais forte do que o sol nascente da manhã.

O homem olha em volta para todas as coisas dentro de seu apartamento, que agora brilham sob uma nova luz, banhadas pelo pôr do sol. Em geral, nos domingos à tarde, esta hora do dia era o momento mais sombrio para ele. Mas não desta vez.

"O que você acha que aconteceu com o cliente que comprou a versão beta? O pagamento ainda não caiu."

"A compreensão leva tempo", diz DallerGut enquanto arruma uma pilha de catálogos na recepção.

"Que tipo de pagamento será que vem aí, depois de um sonho como A Vida dos Outros? Às vezes sinto inveja ou insegurança quando olho para a vida de outras pessoas. Mas também acontece de me sentir aliviada ou melhor comigo mesma."

Vários exemplos vêm à cabeça de Penny. Ela se lembra de ter sentido inveja quando uma colega de classe arrumou um emprego em uma grande loja de sonhos antes dela ou quando as outras famílias pareciam ter uma vida mais confortável. Ela também recorda ter sentido um estranho ar de superioridade ao passar por um garoto que trabalhava na carga e descarga da periferia, pensamento que logo em seguida a deixou constrangida.

"Acho que existem duas maneiras de amar a vida, Penny. A primeira é trabalhar duro para mudar de vida quando você se sentir insatisfeita."

"Ok! Concordo", assente Penny.

"A segunda maneira pode parecer mais fácil, mas é bem mais difícil, na verdade. E mesmo que você mude toda a sua vida por meio da primeira opção, terá que passar pela segunda para ficar realmente em paz."

"E qual é a segunda?"

"Aceitar a sua vida como ela é e ser grato por ela. É mais fácil falar do que fazer. Mas, se você conseguir, aposto que será capaz de perceber com clareza a felicidade se aproximando."

DallerGut não se apressa em explicar exatamente o que ele quis dizer com isso.

"Acredito que os nossos clientes escolherão a opção que fizer mais sentido para eles. E, uma hora ou outra, suas emoções chegarão a nós como pagamento."

"Tenho a sensação de que isso vai demorar bastante."

"Pode ser. Mas, leve o tempo que for, depois disso poderemos lançar a versão oficial de A Vida dos Outros."

9. UM SONHO ENVIADO A VOCÊ POR UM CLIENTE ANÔNIMO

Depois que uma onda de clientes sai da Grande Loja de Sonhos DallerGut, o trabalho diminui drasticamente, e a equipe está aproveitando seu merecido respiro. Os gerentes e alguns funcionários de todos os pisos se reúnem no primeiro piso, desfrutando juntos de uma pausa para o lanche oferecido pela sra. Weather.

"Se ao menos DallerGut investisse mais dinheiro na sala dos funcionários e em seu escritório...", resmunga Speedo, tomando todo o espaço do sofá para si. Enquanto lê o jornal de hoje, ele engole o bolo que Penny comprou na confeitaria do outro lado da rua na velocidade da luz. O sofá está tão gasto que há mais retalhos de tecido do que partes originais de couro. O lustre de cristal antiquado, sem metade dos penduricalhos, faz com que o macacão em cor creme de Speedo assuma um tom amarelado muito forte.

"Uau! Agora posso respirar. Minhas mãos estavam tremendo, sedentas por açúcar", diz Mogberry. Sentada em uma cadeira, ela dá a última garfada em seu bolo de nozes, com um sorriso satisfeito. Speedo lambe o prato e raspa qualquer vestígio da cobertura da caixa do bolo. Quando não há mais nada para comer, ele abre bem o jornal e se deita no sofá como se nada tivesse acontecido.

Penny está tomando seu café ao lado dele, decidida a não limpar a bagunça dessa vez. Sempre que eles paravam para um lanche da tarde, Speedo era o que fazia mais sujeira, mas nunca se preocupava em limpar ao menos sua parte. Sentado de frente para Penny, Vigo Myers está com as mãos inquietas, parece ansioso para dobrar a caixa com cuidado e jogá-la fora imediatamente.

"A propósito, DallerGut ainda está com os clientes dele?", pergunta a sra. Weather. Seu canudo é fino demais para tomar o smoothie, o que começa a frustrá-la.

"Sim, ele recusou o bolo de nozes, embora seja o seu favorito", responde Penny. "Pelo visto ele está com um cliente VIP, que eu nunca tinha visto antes."

"Ah, deve ser para um serviço de entrega", diz a sra. Weather, impaciente, dispensando o canudo e trocando-o por uma colher.

"Serviço de entrega? Nós também temos isso?", pergunta Penny, surpresa.

"Nossa! Você ainda tem muito a aprender!" Speedo entra na conversa. "Quando um cliente encomenda um sonho feito sob medida para presentear outro cliente, a Grande Loja de Sonhos DallerGut o entrega na data marcada."

"Não fazia ideia de que oferecíamos esse tipo de serviço."

"E, quando esses sonhos pré-agendados estão prontos, DallerGut os empilha cuidadosamente em seu escritório, como se fosse um santuário", continua Speedo, com os olhos ainda fixos no jornal.

Penny se lembra da pilha de caixas que ela quase jogou fora certa vez.

"Ah, sei! Você está se referindo à torre de caixas no escritório dele, certo? Mas deve haver algum mal-entendido. As datas de fabricação em algumas das caixas eram de mais de uma década atrás."

"É isso mesmo. Eles só precisam esperar... Nossa, olha só! Eu preciso disso!" Speedo de repente pula do sofá, segurando o jornal nas mãos.

"Essa peça é única, perfeita! E não é muito apertada, parece... Eu estava começando a ficar de saco cheio do meu macacão. Mas esta aqui é perfeita."

"Como assim? Os jornais vendem roupas agora?", pergunta Myers.

"Olha o estilo desse cara!" Speedo abre o jornal na mesa para que todo mundo veja.

Na fotografia em preto e branco, um homem está sentado em uma pedra ao longe. Ele veste um sobretudo *dopô* azul-marinho e está com os cabelos presos em um coque.

"Olha essa roupa! Isso deve tornar as idas ao banheiro muito mais fáceis. Vou comprar uma dessas agora mesmo! Sra. Weather, posso usar o computador da recepção um minutinho?"

"Espere aí. Esse é Dozé. E ele não está só vestindo um *dopô*. Tem um *hanbok* por baixo, Speedo. Você vai se meter em encrenca se usar só um sobretudo *dopô*!", grita a sra. Weather, mas Speedo já tinha partido. Penny termina de ler o artigo no jornal que Speedo deixou para trás.

Celebridade em destaque – Dozé

De acordo com pesquisas realizadas pelo Além da Interpretação dos Sonhos, o mais popular entre os cinco produtores lendários é Kick Slumber. Mais de 32,9% dos entrevistados votaram nele, em parte devido à popularidade de sua confissão romântica durante a premiação no fim do ano passado.

Yasnooze Otra, Wawa Sleepland e Aganap Coco ocupam o terceiro, o quarto e o quinto lugar, respectivamente, por uma pequena margem de diferença. O mais inesperado é Dozé, que se mantém no segundo lugar. Embora não tenha participado do cenário dos sonhos na última década, sua presença continua forte. Qual é o segredo dele? Nosso repórter procurou Dozé, isolado em algum lugar nas montanhas, para entrevistá-lo.

Treinando nas profundezas das montanhas, Dozé se recusou terminantemente a ser entrevistado. Pedimos que deixasse uma mensagem aos fãs, ao que ele disse: "Tentem ficar longe de mim". E, com isso, desapareceu atrás de uma cachoeira.

"Pensando bem, nunca o vi por estes lados desde que trabalho aqui, há cerca de um ano", diz Penny.
"Até parece, garota. Eu mesmo só o vi uma vez", diz Myers.
"O sr. DallerGut não faz negócios com Dozé?"
"Claro que faz! Ele passa para ver Dozé sempre que sai para negócios fora."
"Espera aí. Isso é sério?"

Nesse momento, um interfone toca na sala, e Penny atende.
"Olá! Aqui é Penny, do primeiro piso."
"Ah, é você, Penny. Estava à sua procura porque não vi você na recepção. A pausa do lanche acabou?"
"Oi, sr. DallerGut. Sim, já terminamos. O bolo estava tão bom... Você teria adorado. De qualquer modo, você precisa de alguma coisa?"
"Preciso de ajuda na minha sala. Pode vir até aqui?"
"Claro! Estou a caminho."
"DallerGut deve confiar muito em você. Ele não pede esse tipo de ajuda a qualquer um. Vá em frente e dê uma mãozinha", encoraja a sra. Weather. Logo em seguida, ela acrescenta: "Ah, e evite papear desnecessariamente com o cliente, por favor. Você tem que fazer com que ele se sinta o mais à vontade possível".

Quando Penny chega à sala de DallerGut, ele está acompanhado de uma senhora de meia-idade com bochechas encovadas. A mulher está toda de branco, vestindo um pijama largo. Normalmente, pijamas dão uma sensação quentinha e aconchegante, mas há algo de estranho na roupa dela.
"Obrigado por ter vindo, Penny! Por favor, sente-se."
Penny se senta ao lado da cliente. O que será que DallerGut quer? A mulher está tomando um chá que ele deve ter oferecido. Penny percebe que os dedos esqueléticos dela estão entrelaçados à xícara e se impressiona com as mãos excessivamente magras. Só então percebe que aquelas são roupas de paciente de hospital, não um pijama.
"Você poderia, por favor, anotar aqui tudo o que a cliente disser? Preciso de uma mãozinha para não perder nada." DallerGut entrega a Penny uma caneta e um caderninho. "Vamos lá. A quem o sonho deve ser entregue? Pesquisei um pouco e descobri que todos os membros da sua família são nossos clientes. Não vai ser difícil encontrá-los a tempo."
"Gostaria de enviar o sonho para meu marido e minha filha."
"Ok. Mais alguém?"
"Meus pais... Sim, seria bom enviar para eles também."

A cliente toma outro gole de chá, então seus lábios se contorcem e ela desvia seu olhar para a parede. Penny percebe que a mulher está segurando as lágrimas. Como DallerGut não faz nada para confortá-la, Penny decide não intervir. O comportamento de DallerGut deve ter uma justificativa. Ela volta a se concentrar nas anotações.

"Que história você tem em mente? É possível escolher o ambiente e a situação que desejar. As opções estão aqui." DallerGut costuma entregar um catálogo para ajudar os clientes a personalizarem seus sonhos. A cliente consulta o material por um bom tempo.

"Acho que a minha casa seria um bom cenário. Espere aí... Melhor não. Isso seria... insuportável."

A cliente parece ter problemas para escolher. Penny não entende por que ter a própria casa como pano de fundo seria insuportável, mas não a interrompe. Ela se lembra do conselho da sra. Weather, para não papear desnecessariamente.

"Se você não se importar, posso fazer algumas sugestões?"

"Sim, por favor. É a primeira vez que tenho que fazer algo assim, então está difícil. Ha-ha-ha. Isso soa estranho, não é? Esta situação é uma primeira vez para qualquer um."

Com a aprovação da cliente, DallerGut estende a mão para folhear o catálogo até a última página. Lá, há uma lista de fotos de cenários: uma floresta alta e densa, o terraço de um castelo sob um céu salpicado de estrelas, o globo terrestre visto do espaço sideral. São, em sua maioria, cenas da natureza. Penny identifica instantaneamente quem deve ser o criador por trás desses cenários.

"Estes são cenários dos sonhos de Wawa Sleepland!", Penny deixa escapar com admiração, descumprindo a decisão de ficar quieta, tomada segundos atrás.

"Wawa é uma produtora de sonhos muito famosa, como você pode ver pela reação da nossa funcionária. A qualidade é garantida."

É evidente que DallerGut está dando à cliente o melhor atendimento possível. À primeira vista, deixá-la escolher entre os cenários de Wawa Sleepland e até a história não parece ser um bom negócio.

"Entendo. Nós ficaremos muito mais à vontade se nos encontrarmos em um lugar bonito assim. Vou querer este aqui." A cliente escolhe a floresta exuberante. "Seria possível adicionar algumas zínias brancas na floresta? É a minha flor preferida."

"Claro! É você quem escolhe. Podemos acrescentar muito mais do que 'algumas'."

Penny anota os pedidos da cliente, imaginando uma floresta cheia de zínias. "Será um sonho verdadeiramente mágico!", acrescenta, animada.

"Obrigada!", diz a cliente, que já parece estar se sentindo muito melhor.

"Agora, vamos definir a história. Avise-me se houver uma situação específica que você desejaria ter ou palavras que queira dizer. Já coletamos informações suficientes a respeito dos seus trejeitos, da maneira como você fala e age etc. Então não precisa se preocupar com isso."

"Bem... Gostaria que fosse o mais natural possível. Talvez perguntando a eles como estão as coisas, ou então uma conversa corriqueira."

"Por exemplo...?"

"Por exemplo... perguntando à minha filha se ela está namorando alguém ou se ela ainda tira todos os pepinos do kimbap, como fazia quando era criança. Sabe como é, reclamações normais de mãe, coisas do dia a dia. Sobre meu marido, eu costumava pedir que ele etiquetasse o amaciante de roupas delicadas e o amaciante comum separadamente, para não fazer confusão. Acho que esse tipo de bate-papo cotidiano seria suficiente. Mas... é muito sem graça? Talvez eu devesse esquecer as reclamações, já que nos veremos pela primeira vez depois de todos esses anos, certo?"

"Não. Eu gosto bastante desse caminho. Devemos pensar em alguma saudação para o sonho dos seus pais?"

"Para os meus pais... Eu só gostaria de dizer que sinto muito, e é isso."

DallerGut de repente para de fazer anotações, e sua mão paira sobre o próprio bloco de notas.

"Embora não haja nada que você queira dizer em particular, a maioria dos nossos clientes diz coisas que irão confortar o destinatário. No fim, a decisão é sua, é claro, mas talvez um simples pedido de desculpas não seja reconfortante para eles. O que acha?"

"Entendo. É um bom ponto. Sim, vamos apenas dizer a eles para não se preocuparem comigo e que estou bem." A cliente muda de ideia.

Penny revisa suas anotações com atenção. Há algo de triste na conversa calma entre DallerGut e a cliente.

"Ótimo. Acho que estamos quase terminando. Só tenho uma última pergunta. Quando você gostaria que nós o entregássemos?"

"Não tenho certeza. Deixaria para você a tarefa de encontrar um bom momento para a minha família, depois de observá-los cuidadosamente. Não muito cedo, certo? Talvez depois de um tempo, quando as coisas se acomodarem. Mas também não tarde demais, para que eles não guardem rancor de mim. Por favor, encontre o momento ideal."

"Perfeito. A senhora pode deixar conosco."

"Vou confiar em vocês. E... muito obrigada!"

"Obrigado a você por nos escolher. Faça uma boa viagem de volta e durma bem." Com todo o cuidado, DallerGut acompanha a cliente até a saída.

Depois que a cliente sai, DallerGut arregaça as mangas e começa a cruzar suas anotações com as de Penny. Ela tem um monte de perguntas a fazer, mas decide esperar que ele confira as anotações primeiro.

"Você está quieta hoje, Penny. Achei que faria perguntas. Foi por isso que chamei você", comenta DallerGut por cima dos blocos de notas que está segurando.

"Eu podia ter feito perguntas?", pergunta Penny, como se estivesse esperando por isso.

"Claro que sim."

"Tem alguma coisa estranha nisso tudo... O sonho que a cliente acabou de encomendar como um todo. Nunca ouvi falar que entregamos sonhos para outros clientes, muito menos sob encomenda. Ainda por cima..."

"'Ainda por cima'...?"

"Ela não parecia bem. Notei que estava quase chorando quando falou sobre os pais. Como... como se essa fosse a última vez que os veria..."

"Quando entrevistei você, lá na primeira vez que nos vimos, eu soube. Você tem uma visão aguçada das coisas. Tenho um bom olho para reconhecer potenciais!" DallerGut se levanta de seu assento. "Preciso entregar dois destes sonhos hoje. Posso confiá--los a você?"

DallerGut pega duas caixas em meio às pilhas espalhadas por todo o escritório. Ambas parecem velhas e cobertas de poeira.

"Tem certeza de que eles não estragaram ou expiraram?"

"Estão ótimos. Dozé formula seus sonhos especificamente para que eles não expirem."

"O sr. Dozé?" Aquele nome pega Penny de surpresa.

Dozé, o menos ativo dos cinco produtores lendários. Recluso e raramente visto em público. Ele foi o criador por trás dos Sonhos de Encontrar com os Mortos.

Uma noite qualquer durante a semana, em um café. Uma das coisas favoritas do homem é parar ali no caminho para casa quando volta do trabalho e finalizar no seu notebook qualquer pendência restante. Isso o deixa totalmente relaxado quando chega em casa. No café, há pessoas de diversas idades: jovens acompanhados de pessoas com idade para serem seus pais, além de crianças bem pequenas.

O homem sempre pede um café americano, mas hoje, com uma fila longa à sua frente, ele sente vontade de ler o cardápio. Seus olhos se fixaram nas palavras "macchiato caramelo". Ele nunca gostou de macchiato com caramelo. Na verdade, ele detesta, porque é muito doce e difícil de pronunciar.

Mas isso o fazia lembrar de sua falecida avó.

"O que você gostaria de beber, vovó?"

Certo dia, ele levou a avó ao café pela primeira e única vez, porque ela disse que estava com sede. O homem entregou-lhe um cardápio, que ela teve dificuldade em ler.

"A-me-ri... Que bebida é essa?"

"Um café muito amargo, vovó. Amargo como bile."

"Por que as pessoas gastam dinheiro com uma bebida como essa? Eu odeio coisas amargas. Eu gosto de doce."

"Que tal um macchiato com caramelo? É o mais doce."
"Como é isso?"
"Aqui! Tem uma foto. Está bem na sua frente."
"Onde? Ma... ra-melo? É este? Você precisa entender que sua avó só aprendeu o alfabeto até a metade."
"Está bem, está bem. Eu entendi. Você pode pegar um lugar para nos sentarmos, então?"
Depois que pegou as bebidas, o homem viu a avó sentada toda desajeitada em um banco individual, próximo à janela. Ele abriu um sorriso.
"Vovó, por que se sentou aí? Há muitos assentos confortáveis aqui. Vem cá, vamos nos sentar neste sofá."
O homem a levou para uma mesa mais espaçosa, com sofá.
"As pessoas não iriam odiar que uma senhora como eu ocupasse este sofá? Esses assentos não são para pessoas que pedem comidas mais caras e sofisticadas?" Ela olhou em volta com relutância.
"Também pagamos bastante, vovó. Não se preocupe. E, se olharem torto para você por estar sentada aqui, são eles que têm problemas."
"É assim mesmo? Eu me sinto segura por estar com você."
"Não é nada de mais. Sério!" O homem ficou um pouco envergonhado.
"Eu sou a mais velha daqui, não sou?"
"Acho que sim. Mas você é a vovó mais legal daqui. Apreciando um café com seu neto neste lugar chique."
"Você sabe como falar mansinho, que nem um filhotinho. Sempre foi tão bonzinho, desde que era pequeno."
A avó olhou para o neto com carinho. O homem ficou ainda mais envergonhado e mudou de assunto.
"A propósito, por que você só aprendeu metade do alfabeto? Você deveria ter aprendido todo o conjunto, só faltam algumas letras."
"Seu bisavô não deixava. Eu só precisava de mais três dias de aula para terminar, mas não pude ir à escola. Estava sempre ocupada ajudando na lavoura, casando, criando seu pai e depois criando você. Não tive tempo em minha vida para mim, por isso não aprendi. E é por isso também que não consigo ler essa tal coisa 'caramelo...'. Que engraçado, hein?" A avó sorriu como uma garotinha tímida.

"Não, não é nada engraçado. Vovó, eu posso ensinar você. A senhora é muito inteligente, então vai aprender rápido. Estou ocupado com o trabalho neste fim de semana... Então, talvez possamos começar no final de semana que vem."
"Isso parece ótimo. Meu neto é o melhor de todos!" A avó tomou um gole cheio do macchiato com caramelo com um canudo. "O que é isso? É muito doce! Minha língua está dormente."
"Então experimente o meu, vovó", diz o homem, entregando a ela seu americano gelado.
"Nossa! Isso é muito amargo." A avó faz uma careta, e o homem cai na gargalhada.
"Fica melhor depois que você se acostuma com o sabor. Você deve vir aqui comigo com mais frequência a partir de agora."

Essa foi a última vez que estiveram no café. Oitenta e dois anos. Ela viveu uma vida bastante longa, mas ainda assim o deixou com arrependimentos. O aniversário dela é em alguns dias.
O homem pede uma bebida e se senta em um lugar individual, perto da janela. Ele pensa muito mais na avó agora que o aniversário dela está chegando. Quando era jovem, ela sempre precisou pisar em ovos, porém, quando ficou mais velha, passou a depender muito do neto. Apesar de sua educação incompleta, era uma mulher sábia e bondosa, que sempre cuidou do neto quando era pequeno. Se ele contasse a ela como a batata refogada com shoyu na casa de seu amigo estava boa, ela cozinharia uma panela inteira de batatas no dia seguinte. Se ele reclamasse sobre como a picada de mosquito estava coçando, ela ficava acordada a noite toda ao lado dele para matar o inseto.
Ele olha ao redor do café novamente. A boa música ambiente, os assentos confortáveis e o clima descontraído. Continua a pensar em como sua avó se sentiu neste lugar confortável. Só ela se sentindo deslocada.
"Eu sou a mais velha daqui, não sou?"
As feições de sua avó, envergonhada, mas animada e constantemente bisbilhotando ao redor, continuavam ali diante dele. O homem sentiu um calor no meio da testa, ainda que estivesse tomando um café gelado.

Lembrou-se de como ela o ajudava a se trocar ao menor sinal de sujeira na roupa. Ou de quando ela comprou um creme caro – com uma longa bula, que ela era incapaz de ler – para tratar da dermatite dele, tendo de aplicá-lo em todo o seu corpo, apesar de ela não comprar nem mesmo o produto mais barato para aplicar em seu próprio rosto. Cada pequena coisa que ela fazia era um ato de amor.

Naquela noite, o homem se deita na cama, imerso em pensamentos. Para que serviu a vida da vovó se ela não pôde aproveitar todas essas coisas que o mundo agora podia oferecer, só porque ela nasceu cedo demais? Que sentido havia em sua vida?

Um mundo composto por sofrimentos e nenhum luxo. Esse era o mundo em que ela vivia, e talvez ela esteja mais feliz agora. Talvez fosse por isso que ela nunca vinha visitá-lo em seus sonhos.

"Sinto sua falta, vovó. Minha vovó!"

O homem se encolhe como um bebê e adormece.

O casal tinha uma filha de cinco anos que demorou a falar. Quando outras crianças já falavam frases completas, ela mal conseguia pronunciar algumas palavras. À medida que o casal ia de clínica em clínica, suas preocupações aumentavam. Até que, de repente, a criança começou a falar. Ela formulava frases completas sobre o que gostava e o que não gostava, o que queria e o que não queria fazer.

Quando a filha disse "Eu amo minha família", o casal sentiu como se estivesse no topo do mundo.

E depois, em outro dia, quando ela disse "Minha cabeça dói. Você pode fazer parar?", o mundo deles desabou. A filha foi hospitalizada logo depois e não resistiu até o final daquele ano.

Algum tempo se passou depois que a criança se foi. O casal ainda era jovem. Cada um havia decidido focar na própria carreira. Não havia mais nenhuma evidência de sua filha na casa.

Quando a menina ainda era viva, os dois costumavam brincar: "Será que algum dia teremos um piso limpo, sem essa bagunça de brinquedos?". Agora, a casa deles está sempre arrumada e limpa. Eles pareciam ter passado de uma casa de duas pessoas para uma de três pessoas, e depois voltaram a ser uma casa de duas pessoas. Tudo muito naturalmente. A expressão "o tempo cura todas as feridas" parecia funcionar para eles. Contudo, de vez em quando, eles ficavam a noite toda conversando sobre a filha. Costumavam chorar antes, mas agora há dias em que eles simplesmente acabam rindo.

O casal não deixava de falar sobre a criança. A princípio, eles haviam evitado o assunto, tentando com todas as forças esquecer, pois achavam que essa era a única forma de continuar vivendo. Mas logo perceberam que jamais conseguiriam esquecê-la. Sempre que eles se deparavam com anúncios de brinquedos, um ônibus de escola, um ator mirim que cresceu ou até mesmo um período de férias de verão ou a época de formatura... eles, irremediavelmente, desmoronavam.

A esposa disse que sentia falta do rosto adormecido da filha. O marido disse sentir falta do cheiro da pele macia da menina quando ela o abraçava forte após o banho. O som das risadas dela se misturava entre suas vozes, e seus trejeitos engraçados foram herdados de ambos em partes iguais...

Com a filha para sempre presa aos cinco anos de idade, o tempo que os dois tinham que suportar como os únicos envelhecendo parecia passar tão devagar. Houve momentos em que pensaram secretamente que prefeririam seguir a filha e ir ao seu encontro antes que fosse tarde demais, antes que ela se sentisse muito sozinha. Porém, não podiam verbalizar esse pensamento um para o outro.

Naquela noite, eles se deitaram na cama e ficaram de costas um para o outro. Como de costume, eles deixaram um espaço suficiente para que uma criança se deitasse entre os dois. Mas o espaço não era grande o suficiente para esconder os soluços deles. Só que ambos fingiam que não se ouviam.

Penny começa a se movimentar ao identificar os aguardados clientes entrando na loja, que se encaixam na descrição que DallerGut fez. Ela pega os sonhos cuidadosamente reembalados e leva até eles.

"Obrigada pela pontualidade."

"Como? Eu?", pergunta o homem. Ao lado dele, está um casal com os olhos inchados de tanto chorar. Os três olham para Penny como se não entendessem.

"Todos vocês têm um sonho reservado para entrega hoje. Nós tivemos o cuidado de lembrá-los várias vezes. E vocês chegaram no momento perfeito."

"O que é isto?"

"É um sonho. Um muito precioso. Alguém fez isso sob medida para você."

"Quem? Não conhecemos ninguém que nos enviaria uma coisa assim...", comenta o marido com a esposa.

"O remetente é anônimo. Você saberá quem é quando estiver no sonho."

O homem encontrou a avó em seu sonho naquela noite.

O café para onde sua avó o leva é semelhante àquele a que ele a levou, só que muito mais chique. Tem o cheiro da casa em que eles moravam juntos.

A avó, confiante, pede dois macchiatos com caramelo, e até casualmente tem tempo de fazer uma brincadeira com o caixa. Quase parece que ela é frequentadora regular do café.

"Vovó, olhe só para você. Pedir bebidas de nomes difíceis está uma moleza, hein?" O neto olha para a avó com carinho.

"Tudo graças ao meu neto, que me ensinou bem o Hangul!"

"Não me lembro de ter ensinado a você."

"Você me ensinou. Não se lembra? Como pode? É muito jovem para esquecer das coisas!"

"Eu realmente te ensinei?"

O homem olha para fora da janela. Ele acha que a vista se parece muito com o jardim da frente da velha casa em que eles moravam, mas isso não lhe causa estranheza. Ele só pensa no quanto ama esta cafeteria. Os dois compartilham lembranças e risadas enquanto bebem o café, perdendo a noção do tempo. Uma funcionária do café oferece-lhes uma fatia de bolo como cortesia da casa.

"É por minha conta! Vocês dois parecem tão felizes juntos."

"Oh! Isso é tão gentil da sua parte. Obrigada, mocinha!" A avó abre um sorriso.

"Sorte a minha, hein? Recebendo regalias só porque estou com você! Acho que deveríamos vir juntos aqui mais vezes."

"Não, você deveria vir com os seus amigos. Não com sua velha avó enrugada."

"Essa doeu."

O homem examina o rosto de sua avó, e então deixa escapar a única pergunta que estava fervilhando em sua mente.

"Vovó, como você descreveria sua vida, olhando para trás?"

Ele sabe que provavelmente não é o momento, mas, por algum motivo, sente que esta seria a sua única chance de fazer essa pergunta.

"Foi uma vida boa", responde a avó sem uma gota de hesitação.

"Foi boa? Qual parte?" O homem puxa a cadeira para mais perto da avó.

"Quando criança, eu era grata por ter vivido apenas com a minha família. Não precisava me preocupar em trabalhar na casa de outras famílias."

"E quando se tornou adulta? Eu sei que você passou por muita coisa."

"Como adulta, fiquei grata por ter criado sozinha o seu pai."

"..."

"Como avó, adorei ver meu neto crescer. Rezei muito para poder viver o suficiente e ver você crescer e se cuidar sozinho. Felizmente, algum bom deus me ouviu e respondeu às minhas orações! Garanto que sua avó teve uma vida muito boa."

A avó acaricia as bochechas do neto. Ele lembra que aquelas mãos tinham sido ásperas durante toda a sua vida, porém agora estão macias como as de um bebê.

"Parecia algo tão distante no futuro ver você andar com os próprios pés, mas da noite para o dia você cresceu, trilhou seu caminho, segurou minha mão com força e esperou pacientemente que eu o alcançasse. Minha alma velha se sente revigorada como a primavera!"

O homem de repente cai em si.

"Vovó, acho que isso é um sonho. Porque você já se foi. Isso é um sonho?", ele pergunta, cuidadosamente, sentindo uma pontada de pavor crescer na boca do seu estômago.

"O que você quer dizer com 'eu me fui'? Eu estou com você agora. Tudo depende de como você vê as coisas, não é mesmo?"

Lágrimas brotam dos olhos do homem.

"Oh, Jae-ho! Não chore. Talvez eu devesse ter vindo muito mais tarde. Não acredito que você ainda está assim depois de todo esse tempo!"

"Não. Você deveria ter vindo antes", retruca ele enquanto tenta conter as lágrimas.

"Sua avó está muito bem aqui. Meus joelhos não doem mais, estou cultivando minhas plantas favoritas e me dou superbém com todos. Então, chega de chorar, certo? Tive sorte de ter você como meu neto."

"Vovó, não diga isso como se estivesse me deixando. Por favor, fique mais tempo. Pode ser? Você terminou seu café? Vou buscar outro."

A avó balança a cabeça. "Foi tão bom ver você, meu filhotinho. Cuide-se, hein? Seja saudável, realize tantos sonhos quanto possível e viva sua vida. Eu sei que alcancei todos os meus sonhos porque te vi hoje."

Mesmo em seu sonho, o homem sente que está acordando pouco a pouco. E sente remorso ao pensar que perguntar se aquilo era um sonho pode ter acelerado sua despedida. Ele então recobra seus sentidos.

Ou seja, ele acordou.

O homem estava totalmente acordado, mas não conseguia abrir os olhos. Se o fizesse, temia que toda a imagem residual dentro de suas pálpebras desaparecesse.

Ele acordou com os olhos cheios de lágrimas. Era raro que chorasse, mas desta vez ele se encolheu e chorou por horas.

O jovem casal também estava imerso em um sonho. Eles encontraram sua filha que havia partido fazia muito tempo. A filha do sonho fala fluentemente.

"Havia tanta coisa que eu queria contar a vocês quando era bebê, mas eu sabia tão poucas palavras para formar todas aquelas frases."

"É mesmo? Mas olhe só para você. Nossa filha é uma oradora incrível agora. E você ficou ainda mais bonita!"

"Você também é bonita, mamãe." A filha segura o rosto da mãe nas mãos e abre um sorriso cheio de amor. O casal a abraça apertado.

"Lamentamos muito que você tenha sofrido a vida inteira."

"Não. Se minha felicidade equivalia a cem, a dor não passava de um. E agora não dói nem um pouco!"

"Mas sua vida foi tão curta. Você não conseguiu aproveitar nada."

O pai continua a mirar a filha com um olhar penoso e cheio de culpa.

"Estou falando sério! Eu só tenho boas lembranças. E, sabe, eu tenho muitos amigos, e professores, e vovós e vovôs aqui, e ninguém disse que só teve coisas boas na vida. Mas eu só tive coisas boas! Não é incrível?"

"É, sim! Você é incrível, filha. Papai também só tem boas lembranças com você! Meu bebezinho, você não se sentiu triste por ficar sozinha? Sentiu falta do papai e da mamãe?"

"Estou bem porque tenho uma memória muito boa, então mesmo que não possa vê-los, tenho vocês no meu coração!"

A criança então se desvencilha do abraço.

"Nós podemos nos ver outra vez mais tarde. Sem pressa. Não deixem que os pensamentos ruins cheguem até vocês!", diz ela aos pais, com uma feição adorável.

O casal está à beira das lágrimas, mas a cara boba da filha os faz rir.

"Certo! Podemos ir com calma. Mas com certeza nos encontraremos outra vez."

"Uhum! Serei uma boa menina até nos reencontrarmos. Eu prometo!"

O casal sabe que tudo isso não passa de um sonho, mas eles estão cheios de alegria como se realmente tivessem encontrado com a filha. É muito raro eles sonharem estando conscientes de que estão sonhando.

O casal acorda do sonho ao mesmo tempo. Ainda é uma da manhã. Apenas duas horas se passaram desde que eles foram para a cama. Estão segurando o cobertor emaranhado entre eles com força, como se estivessem abraçando um ao outro.

Quando voltam a si, deitam-se na cama, em silêncio, entrelaçando os dedos. Ficam assim por muito tempo.

"DallerGut, quantas pessoas encomendam sonhos em seu leito de morte para entregar aos seus entes queridos?"

"Muitas tentam encomendar sonhos antes de partir. Isso acontece tanto que existem até lojas dedicadas exclusivamente a esse tipo de sonho!"

"Preciso dizer que todos os dias têm sido uma surpresa desde que comecei a trabalhar aqui. Assim que penso que já vi de tudo, aparece algo ainda mais surpreendente."

"É mesmo? Que trabalho divertido você tem!" DallerGut ri.

"Sim, é fascinante. Seja depois de um acidente repentino ou após um tempo acamadas por uma doença crônica, as pessoas que adormecem parecem saber por instinto que sua vida está chegando ao fim. Talvez por conta de seu estado sensível, sem nenhum estímulo externo, os instintos primitivos se tornem mais aguçados."

"Desculpe, mas está meio difícil acompanhar o que você está dizendo."

Penny começa a pegar as caixas velhas do escritório de DallerGut e empilhá-las em uma caixa nova e limpa.

"O que eu sei é que estes sonhos devem ser tratados com muito cuidado, embora eu mesma não tenha conseguido entender completamente como os clientes se sentem ao deixar isso para os seus entes queridos."

"As pessoas sempre tentam deixar mensagens de alguma forma para quem vai ficar para trás."

"Sei que é muito cedo, mas isso me faz querer planejar com antecedência que tipo de mensagem vou deixar quando partir", diz Penny.

"Que ideia maravilhosa! Quanto a mim, eu diria... para se lembrar de mim ou para não entregar minha loja a um zé-ninguém qualquer", diz DallerGut, brincando. "Mas, quando você encontra esses clientes, ninguém se preocupa com seus próprios interesses. Eles só desejam a felicidade de quem eles amam. Acho que essa é a sensação ao deixar seus entes queridos para trás. Embora eu também não consiga compreender completamente."

Penny olha para as caixas úmidas, envelhecidas pelo tempo, sentindo-se um pouco sufocada. Ela então limpa até a última partícula de poeira na superfície delas.

"Sr. DallerGut."

"Sim?"

"Eu só queria dizer que amo muito meu trabalho."

"Eu também", responde DallerGut francamente.

Nesse momento, a porta do escritório se escancara. São Vigo Myers e a sra. Weather, ambos com luvas de látex. Mogberry entra segurando um novo bolo de nozes, e Speedo vem a tiracolo, como se tivesse sido arrastado à força.

"Você deveria ter me chamado logo de cara, se tem tanta coisa assim para organizar!" Myers entra, parecendo um pouco magoado. Mas não consegue esconder sua empolgação ao vislumbrar as caixas ainda desorganizadas.

"Comprei outro bolo, já que você perdeu nosso lanche e não pôde comer nem um pedaço. Parece que todo mundo está quase terminando o trabalho de hoje. Que tal terminarmos essa organização rapidinho e comermos alguns doces depois?", sugere Mogberry, olhando para a caixa do bolo. O cabelo de Mogberry agora cresceu o suficiente para que não haja mais cabelinhos saindo de seu rabo de cavalo.

"Vamos nos apressar, então, e acabar logo com isso!", diz Speedo, já movendo algumas caixas.

Nesse mesmo dia, depois do expediente, Penny procura um espaço na prateleira para colocar a nova balança de pálpebras que acaba de chegar. Faz dois meses inteiros que eles encomendaram esta versão personalizada para um cliente. Há um espaço na prateleira onde Penny dificilmente conseguiria alcançar, mesmo com uma escada. Com cuidado, ela coloca a balança lá em cima e acaricia gentilmente com os dedos o peso em forma de pálpebra. O mostrador treme e para entre "Consciente" e "Sono". Depois disso, "Sono" aos poucos se transforma em "Dormindo".

Penny desce da escada e olha para fora da loja, esperando a chegada de seu cliente. Assam está passando e acena ao vê-la. Por fim, o cliente caminha até a loja. A porta se abre.

"Seja bem-vindo!", cumprimenta Penny calorosamente. "Ainda temos sonhos incríveis em estoque hoje!"

EPÍLOGO 1: A ENTREVISTA DE EMPREGO DE VIGO MYERS

Vigo Myers está duro como uma pedra em frente a DallerGut. O executivo lhe deu um de seus Biscoitos para Estabilidade Mental e Física, porém, a boca de Vigo estava muito seca, e ele não ousou engolir.

"Você está tremendo, rapaz. Não precisa disso. Vamos apenas bater um papo. Só isso. Pode relaxar, então, ok?" DallerGut tenta confortar o jovem de vinte e poucos anos sentado à sua frente, mas tem um palpite de que esse nervosismo todo tenha relação com algo que há em seu currículo.

"Você está assim por achar que a sua expulsão da faculdade seria um ponto negativo? Acha mesmo que irei rejeitá-lo por isso, não importa quão bem você se saia nesta entrevista?", continua DallerGut enquanto olha para a documentação de Vigo. "Você realmente acha que irei desqualificá-lo de imediato por causa disso, sem levar em consideração que você tirou a maior nota no exame admissional? Sei que as minhas perguntas foram difíceis, mas você acertou todas. Ao longo de todos os dez anos em que estou administrando esta loja, você é o primeiro a obter uma pontuação perfeita", elogia DallerGut.

"Perguntas como essas não são nada difíceis", diz Vigo com a voz fraquinha. "O difícil mesmo é esta situação, em que devo falar sobre mim."

Vigo abaixa a cabeça, mexendo nervosamente nas unhas sujas. Ele parece um pouco desarrumado para uma entrevista de emprego. Era como se tivesse se arrastado para chegar até ali, mas sem a mínima vontade de se arrumar.

"Vejo que você não quer falar sobre essa expulsão, e eu entendo. Ainda assim, é inevitável notar isso. Sou obrigado a verificar se a pessoa que estou contratando tem antecedentes criminais." DallerGut se coloca com firmeza, inflexível.

"Eu não cometi nenhum crime grave!", diz Vigo, olhando diretamente nos olhos de DallerGut pela primeira vez. "Eu simplesmente não sabia muito sobre as regras. E foi apenas uma vez, um único erro. Juro!"

"Então, o que aconteceu?"

Vigo contrai os lábios, hesitando em abrir a boca e mantendo DallerGut em suspense.

"Tudo bem. Não se cobre tanto. Mesmo que não queira falar sobre isso, ainda pode desistir desta entrevista. Se você realmente quiser este trabalho, posso encontrar outras maneiras de verificar o seu histórico. Eu tenho a opção de ligar pessoalmente para o seu orientador, por exemplo."

"Na-não! Isso não pode acontecer. Ok, eu posso explicar."

Vigo respira fundo e começa a falar. "Eu estava trabalhando no meu projeto de graduação…"

"Vigo, encontrou um parceiro para o seu projeto de graduação?", perguntou um colega do quarto ano que estava passando.

"Sim. Por pouco consegui alguém."

Como projeto final, todos os estudantes do quarto ano tiveram que entrevistar "clientes reais" para criar e enviar um sonho para eles.

Durante o mês passado, Vigo acampou todos os dias em frente à Grande Loja de Sonhos DallerGut. Ele implorava a qualquer um que passasse, dizendo: "Você toparia ser meu parceiro no projeto de graduação?", apenas para ser rejeitado com olhares que pareciam dizer: "Você é louco! Qual o seu problema?", enquanto todos cuidavam de seus próprios afazeres. Até que, passado esse mês, uma moça da mesma idade de Vigo o abordou. Ela estava vestindo um pijama largo de cor marfim.

"Eu posso ser a sua parceira para o seu projeto de graduação."

"Sério? Muito obrigado!"

"Tenho observado você aqui todos os dias no último mês. Não sei qual a sua motivação, mas o esforço é visível."

Aquela resposta foi extremamente inesperada. Como ela pôde se lembrar de tudo o que aconteceu aqui por um mês? Ela, uma completa estranha, e de fora ainda? O comum é que os clientes não se lembrassem do que acontece aqui enquanto dormem.

"Como você...?"

"Você sabe guardar segredo?" A garota olhou em volta e então sussurrou em seu ouvido: "Sou uma sonhadora lúcida. De nível bem elevado, inclusive".

Vigo ficou chocado.

"Você consegue vir aqui por vontade própria, através de um sonho lúcido? Nunca vi algo assim antes!"

"Sim, quando estou dormindo posso ir a qualquer lugar que eu quiser. E me lembro de tudo o que acontece. Incrível, não? Agora, como posso ajudá-lo com o seu projeto de graduação?"

Os dois se encontravam todos os dias em um determinado horário em um café próximo à Grande Loja de Sonhos DallerGut sob o pretexto do trabalho de graduação de Vigo. Eles conversavam sobre sonhos lúcidos e sobre suas vidas pessoais, o que os levava a perder a noção do tempo.

Era previsível que Vigo desenvolvesse sentimentos por ela.

"Quero convidá-la para a apresentação do meu projeto de graduação. Eu criei um sonho que quero compartilhar com você. Mas já aviso que vai ter muita gente. É melhor você usar uma roupa normal quando for dormir, para não ser descoberta."

Mas ela não apareceu no dia da apresentação. E Vigo nunca mais a viu, o que foi um final clichê para esse tipo de história.

"Comecei então a apresentar o meu sonho sem ela. Até que apareceu um problema...", continua Vigo.

"O que aconteceu?"

"Eu me coloquei no sonho." Vigo abaixa a cabeça.

"Ah, não! Seu garoto teimoso...", suspirou DallerGut. "Você nunca deve se colocar dentro dos sonhos dos clientes e interferir em suas vidas. Especialmente quando esse cliente é um sonhador lúcido. É perigosíssimo."

"Eu não fazia ideia disso. Era inteligente, mas na faculdade não fiquei sabendo que essa regra existia. Como eu poderia saber que encontraria um sonhador lúcido?" Os olhos de Vigo estavam tomados por injustiça. "Então, depois disso... Tenho certeza de que você não precisa que eu conte todo o resto, mas meu professor ficou furioso com meu projeto de graduação e convocou um comitê disciplinar... E, ainda que eu tenha contado toda a verdade, acabei sendo expulso. Fora isso, o registro permanece com a associação, então não posso mais nem buscar um emprego como produtor... Eu estraguei tudo."

DallerGut olha preocupado para Vigo, que parece exausto e desalinhado.

"Por acaso você se inscreveu para trabalhar aqui esperando encontrar aquela moça? Afinal, foi aqui que vocês se conheceram, não?"

DallerGut percebeu a intenção de Vigo, deixando-lhe exposto e sem saber o que dizer.

"Sim, mas essa não é a única razão! Eu amo sonhos. Sei que sou patético, mas ainda quero trabalhar na indústria dos sonhos. Se eu não puder fazer isso... Não tenho mais razão para viver."

"Que absurdo! É óbvio que você ainda não a superou, e isso é inaceitável." DallerGut permanece inflexível.

"Eu sei que estou sendo ridículo. Também sei que não tenho chance de ficar com ela desse jeito. Ela pode até vir aqui me encontrar, mas eu nunca posso ir aonde ela está. Foi por isso que quis mostrar o sonho que fiz para ela. Para mostrar que posso ir ao encontro dela pelo sonho que criei..."

"Você não pode ter esse tipo de sentimento pelos seus clientes. Muitos jovens produtores tiveram suas vidas arruinadas por se meterem em um romance com seus clientes, tentando ser a 'melhor mulher' ou o 'melhor homem' nos sonhos deles. No final, esses produtores perceberam que os sonhos nunca poderiam se tornar realidade para os clientes, e isso os devastou tanto que eles entraram em uma profunda depressão... que sempre terminava com..."

"Nunca mais vou ultrapassar os limites. Tudo o que vou fazer é esperar aqui! Então, por favor..."

"Você já pensou por que ela parou de vir? Talvez ela tenha parado de ter sonhos lúcidos ou talvez algo tenha acontecido com ela. Você pode nunca voltar a encontrá-la, por mais que espere por ela", desabafa DallerGut, frustrado.

"Tudo bem. Seja daqui a dez ou vinte anos, posso esbarrar com ela pelo menos uma vez se trabalhar aqui. Só quero dizer a ela que sempre estarei aqui caso ela queira me ver."

Há um longo silêncio no escritório.

Franzindo a testa, DallerGut passa um bom tempo alternando olhares entre Vigo e sua documentação. Até que diz: "Mantenha isso em segredo".

"Como?"

"Todo mundo provavelmente já ouviu algum rumor sobre sua expulsão, mas nunca conte a ninguém o motivo. Entendido?"

"Cla-claro!"

"Devo dizer, contudo, que estou impressionado com o fato de que um aluno do quarto ano da faculdade já saiba como se colocar em um sonho. Isso é um feito e tanto! Ok, vou dar uma chance a você. Está liberado. Agora tenho uma entrevista com outro candidato..."

"Obrigado, sr. DallerGut. Muito obrigado!"

Vigo Myers se levanta desajeitadamente de seu assento e continua se curvando na direção de DallerGut enquanto recua para a porta.

"E mais uma coisa!", acrescenta DallerGut, examinando a aparência desleixada de Vigo. "A partir de amanhã, vista-se bem e esteja limpo. Você não sabe quando ela pode aparecer de novo."

Vigo finalmente abre um largo sorriso.

"Entendido! Eu estarei extralimpo. Vou me limpar e lavar roupa... Eu vou limpar a loja inteira também! Você tem a minha palavra! Muito, muito obrigado!"

EPÍLOGO 2: O DIA PERFEITO DE SPEEDO

"Penny! Espere por mim!"

Penny está caminhando apressada para o trabalho, sua bolsa balançando para a frente e para trás vigorosamente, quando Mogberry a interpela. Mogberry está ofegante, segurando um sanduíche de ovos em cada mão.

"Estou te chamando faz tempo. Você não me ouviu?", diz Mogberry, entregando um dos sanduíches recheados com ovos fritos. "Aqui, eu sei que você não tomou café da manhã de novo hoje. Pegue."

"Poxa! Me desculpe, Mogberry. Devo ter me distraído pensando sobre o que fazer depois do trabalho hoje à noite."

O cheiro apetitoso da gema salgada do ovo e da pimenta-do-reino no sanduíche de Mogberry estimula prazerosamente o apetite de Penny.

"Foi você quem fez?"

"Todo mundo pensa na mesmíssima coisa: a saída do trabalho enquanto caminha para o trabalho. E foi minha irmã quem fez. Ela é uma ótima cozinheira, ao contrário de mim", diz Mogberry enquanto dá uma boa mordida. "Estou ficando na casa dela até terminar a reforma da minha. Acho que vou encontrar com você mais vezes em nosso trajeto, hein?!", supõe Mogberry com um sorriso que a faz parecer mais jovem.

No momento em que terminam seus sanduíches, elas chegam ao cruzamento em frente ao banco, do outro lado da rua da Grande Loja de Sonhos DallerGut.

"A propósito, Penny, ainda não pegaram o culpado?", Mogberry pergunta com cautela enquanto elas esperam a mudança das luzes no sinal.

"O quê? Que culpado?"

"Aquele que roubou uma das duas garrafas de Palpitação no banco. Lembra? Quando você estava em uma missão a pedido da sra. Weather. Acho que você tinha acabado de começar no trabalho, menos de um mês, talvez. Não se lembra?", pergunta Mogberry ao apontar para o prédio do banco atrás de si.

"Você ficou sabendo disso?"

"Claro que sim! Nada passa despercebido na loja. E nós, os gerentes, temos que acompanhar as receitas trimestrais. Então precisamos estar cientes desse tipo de assunto mais do que ninguém, não?"

"Faz sentido. Achei que apenas DallerGut e a sra. Weather soubessem, pois todo mundo deixou isso passar batido", diz Penny, sentindo o rosto esquentar.

"Speedo não sabe. Eu meio que passei um pano para o assunto. A tirar pela personalidade dele, imaginei que pegaria muito no seu pé por isso, então poupei você. E pensar que ele, quando estava começando, cometia erro atrás de erro... Mas olhe para ele agora, todo durão com os outros", diz Mogberry, balançando a cabeça.

"Muito obrigada! Até hoje Speedo pega no meu pé, reclamando pelo menos uma vez por dia para me recompor assim e assado, dizendo que não mereço ser paga etc."

"Só ignora! Se fôssemos deduzir de seu contracheque todos os erros que ele cometeu durante seus dias como novato, ele receberia apenas metade do salário." Mogberry dá um tapinha de leve no ombro de Penny.

"O culpado deve ter se safado e sumido de vez, não é? Já se passou quase um ano, e eles ainda não o pegaram..." Penny olha na direção do banco com um suspiro e atravessa a faixa de pedestres. "Eu me sentiria muito melhor se eles ainda pudessem pegá-lo.

E, caso tenha sorte, talvez eu possa recuperar a garrafa de Palpitação também."
"Eu sei. Também seria de grande ajuda para a loja, sabe? Palpitação é difícil de encontrar. Contudo, pessoas como esse ladrão costumam operar de maneira organizada. A gangue dele provavelmente está cometendo crimes semelhantes neste exato momento."
"Mas acho que eles não vão usar a mesma tática neste banco."
"O criminoso sempre volta à cena do crime. Talvez eles estejam só esperando até que a atenção diminua e possam voltar. Temos que ficar de olho." Mogberry faz uma observação perspicaz.

A loja está a todo vapor, cheia de funcionários chegando para o turno da manhã, enquanto outros finalmente saem alegres do turno da noite, além de alguns clientes prontos para fazer compras de manhã cedo. Em meio ao alvoroço, um funcionário magro está acenando para as pessoas. Ele está vestindo um jeans rasgado, mostrando os joelhos.

"Ei, Mogberry! É bom você se apressar. Speedo procurou por você a manhã toda."

"Speedo? Ele não está de folga hoje?"

"Também achava isso, mas ele está aqui. Já estou indo para casa. Boa sorte, pessoal!"

"Será que eu me enganei com o horário dele?" Mogberry inclina a cabeça, e o seu rabo de cavalo apertado se move junto.

"Mogberry! Por que você está tão atrasada? Eu estava esperando por você! Faz três minutos inteiros! Já separei os produtos recém-chegados no quarto piso e deixei os produtos sob encomenda para hoje prontos no saguão do primeiro piso. Você poderia apenas verificar a lista antes de sair do trabalho hoje? Ah... Oi, Penny. Que bom que você também está aqui. Os ladrilhos em frente ao pilar D-17 no quarto piso foram arrancados, então um reparador da cidade vizinha virá hoje parar consertar. Por favor, lembre-se de pagá-lo com o orçamento para despesas de reparo e não se esqueça de guardar o recibo. Não deve sair mais de cinquenta syls por ladrilho, então, se os números que ele orçar forem estranhos, me ligue imediatamente. Entendido?"

Speedo joga para elas uma lista de coisas para fazer antes mesmo que Penny e Mogberry tenham a chance de tirar os casacos. Elas apenas anotam freneticamente o que Speedo fala.

"Você poderia, por favor, ir um pouco mais devagar? Estou com vontade de vomitar o sanduíche que comi agora de manhã", diz Mogberry, nauseada.

"Estou de folga hoje, mas vim trabalhar cedo para terminar a minha parte. Não posso perder nem um minuto do meu tempo a partir de agora." Antes mesmo de terminar a frase, Speedo já está correndo porta afora.

O plano de Speedo para hoje é perfeito, mesmo para os seus próprios padrões. A razão pela qual Speedo ocasionalmente tira um dia de folga do nada, em um dia de semana como este, é que os dias úteis parecem muito mais gratificantes do que os fins de semana. É como se ele tivesse trabalhado cada minuto e segundo ao máximo.

Cantarolando, Speedo pega seu bloco de notas para verificar a lista de tarefas que anotou para hoje. Primeiro, ele precisa ir ao banco para abrir uma nova conta-poupança que, segundo ouviu, tem uma taxa de juros favorável. Depois de uma curva íngreme de aprendizado e algumas tentativas fracassadas, Speedo percebeu que investimentos financeiros de alto risco não são o seu forte. Após abrir a conta-poupança, o plano é comprar uma massa doce de feijão-vermelho na padaria Kirk Barrier às dez em ponto. Em seguida, ele vai à liquidação programada da quitanda, que começa às dez e vinte, para encerrar seus planos matinais. Só então ele irá ao lugar que vende uma tigela de *deopbap* frito no óleo que abre às onze para pegar seu almoço sem ter que esperar na fila.

"Por mais deliciosa que seja a comida do restaurante, eu jamais entraria em uma fila para comer na minha vida. Ah, não mesmo!", Speedo murmura para si mesmo, atravessando a faixa de pedestres em frente à loja. Ao olhar para dentro do banco pela janela de vidro impecável, ele fica tão chocado que precisa cobrir a boca.

"Oh, não..."

Com base nos dados que ele observou ao longo dos anos, o número de clientes na fila do banco às nove e dez de um dia de semana é, em média, cinco. Hoje, são onze.

"Não, isso não pode estar certo. Quando terminar de abrir a conta-poupança, já terá passado das dez horas."

Enquanto se lamenta em desespero, uma grande ideia vem à mente de Speedo. Ele se joga no chão e começa a procurar qualquer senha da fila que alguém possa ter jogado fora. Depois de vasculhar o local, chegando a rasgar as costuras do macacão branco neve sem perceber, levantando o quadril enquanto estava abaixado para procurar sob o purificador de água... ele finalmente encontra um bilhete. É o quinto na ordem da fila de espera.

As pessoas olham para Speedo, que agora está triunfantemente sentado na sala de espera depois de rastejar pelo chão do banco em uma caça ao tesouro. Mas ele não liga.

"Incrível. É uma margem estreita, mas ainda poderei chegar a tempo nesse ritmo."

Há, contudo, um homem que está incomodando Speedo faz algum tempo. Vestindo um terno elegante, ele conversa com as pessoas idosas, com olhos sorridentes e de aparência gentil.

"Com licença! Por acaso..."

A distância, Speedo não consegue entender muito bem o que o homem está dizendo, mas pode presumir isto: ele claramente está implorando aos idosos por suas senhas na fila de espera para que ele também possa ser atendido mais rápido.

"Isso é muito feio... Que audácia abusar assim da generosidade dos idosos!"

Speedo checa depressa o número de sua senha para comparar com os números no visor do balcão. Eles estão demorando muito mais que o normal em cada atendimento hoje. Se aquele homem mesquinho conseguir ser atendido antes dele, há uma grande chance de Speedo ter que desistir da massa doce de feijão-vermelho da Kirk Barrier. A padaria é tão popular que, assim que saem seus pastéis fresquinhos, esgotam imediatamente. Speedo começa a entrar em pânico ao pensar que talvez se atrase e não consiga dar conta de seus planos para hoje.

Como se tivesse tomado uma decisão, Speedo, resoluto, se levanta de seu assento. Ele se aproxima de um segurança idoso que está cochilando perto do purificador de água.

"Com licença, senhor? Senhor? Está vendo aquele homem ali? Ele está fazendo algo muito suspeito há algum tempo."

Piscando os olhos bem devagar, o segurança examina Speedo de cima a baixo.

"O que há de suspeito nele?", pergunta o segurança, claramente pensando que Speedo é ainda mais suspeito ali.

"Ele só está falando com os idosos. O que significa... er... sim! Estelionato! Você sabe, tentando gravar a senha de voz ou algo assim?" Speedo devaneia.

"Tem certeza?"

"Sim, eu tenho certeza. Você poderia, por favor, expulsá-lo daqui o mais rápido possível? O mais rápido possível."

"Tudo bem."

O segurança se vira para o estranho e grita: "Com licença, senhor!". Surpreendentemente, o homem fica nervoso e começa a recuar como se de fato estivesse tramando algo suspeito.

"Segurança! Segurança!"

O banco logo fica em alvoroço, com todos os seguranças internos vindo ao encalço do homem. Enquanto isso, Speedo se senta satisfeito em frente ao balcão vazio, totalmente despreocupado com a cena que acabou de provocar.

"Estou aqui porque ouvi falar do novo tipo de conta-poupança que vocês estão anunciando, com uma taxa de juros de três por cento ao ano? Posso abri-la imediatamente?"

A continuação do dia de Speedo é quase perfeita. Ele consegue um conjunto de dez pastéis de feijão-vermelho saídos do forno e compra uma caixa de cenouras por apenas cinquenta syls na liquidação programada. Ele chega ao lugar da tigela de *deopbap* frito no óleo assim que abrem as portas e, embora a comida em si tenha um sabor nada excepcional, ele se sente ótimo ao ver a fila de espera ficando cada vez mais longa, a cada minuto, do lado de fora do restaurante.

Speedo risca tudo de sua lista, incluindo calibrar os pneus da bicicleta e pegar suas roupas na lavanderia. Ele volta para casa e se joga no sofá enquanto liga a TV.

"Ah, ainda tenho tempo até o drama das dez da noite começar."

Speedo sente seu corpo relaxar em uma mistura de satisfação e fadiga.
"Talvez eu tire uma soneca rápida." Ele então adormece de imediato no sofá.
O noticiário da noite está passando na TV ligada.
"Enfim temos uma boa notícia: a organização criminosa por trás dos furtos sistemáticos foi presa na principal rua comercial da cidade. Seus alvos mais frequentes eram os idosos ou funcionários recém-contratados nas salas de espera de bancos e repartições públicas. Eles abordavam as vítimas se passando por funcionários da instituição para baixar a guarda das pessoas e depois roubavam seu dinheiro e objetos de valor... Um deles foi pego em flagrante em um banco cometendo seu primeiro crime após ingressar no grupo, tudo graças a um cidadão presente no local que o denunciou à segurança. O criminoso assustado admitiu seu crime e revelou a localização e as informações da organização, o que ajudou a polícia a prender os demais. A polícia revistou a base da organização e encontrou vários produtos de sonhos valiosos, incluindo, curiosamente, uma garrafa de Palpitação. Todos os objetos de valor serão identificados e devolvidos aos seus donos originais, segundo a polícia. Enquanto isso, o bravo cidadão que foi o primeiro a denunciar o crime ao segurança do banco desapareceu sem deixar vestígios. A polícia planeja recompensar o cidadão. Sendo assim, caso você seja esse cidadão, entre em contato com a delegacia mais próxima..."
É só então que Speedo acorda, num sobressalto, e verifica seu relógio. São cinco para as dez. Speedo pega o controle remoto para mudar de canal. Felizmente, os comerciais estão passando antes de o drama começar. Com isso, ele consegue riscar todas as tarefas de hoje, conforme planejado.
"Que dia mais perfeito!", murmura Speedo, sorrindo.

GRÁFICA PAYM
Tel. [11] 4392-3344
paym@graficapaym.com.br